中公文庫

淫女と豪傑

武田泰淳中国小説集

武田泰淳

中央公論新社

目次

淫女と豪傑——武田泰淳中国小説集

女賊の哲学

安家《あんけ》の人々は誰も第二夫人の憂うつの原因を知らなかった。憂うつであることにも気づかずにいた。彼女の日常は淋しげでも、苦しげでもなかったからである。そのような美しい賢い、しかも強い夫人に暗い不幸がかくされていようなどとは、夫も両親も、召使たちも想像できなかった。

「お姉さま」と第一夫人は、甘えるように彼女に話しかける。「わたしたち一家のように、平和な楽しい家庭はありませんわ。これもみんなお姉さまのおかげですわ」第一夫人は、自分と同じ年齢の相手を、尊敬して、「お姉さま」と呼ぶならわしであった。

「そうね」巧みな彫刻のほどこされた重々しい家具や、あざやかな模様の織り出された厚い敷物の上に、秋の光りがかすかにさしこみ、菊花の香《かお》りがただよっている女部屋に、ものしずかに横顔をかたむけた第二夫人は、何げなく微笑した。「そうね」

「あの方はあなたを愛していらっしゃいます。あの方にとって、あなたはただの夫人ではないのですわ。あの方が生きていらっしゃるのは、あなたのため、あなたが生きていらっしゃる、ただそのためなのですわ」

農家の出身である第一夫人は、士族の出身である第二夫人をいかにもいとしげに眺めながら、無邪気に、熱心に主張した。「あの方が官吏の試験に合格なさったのも、あの方が県長になられたのも、みんなあなたの御力なのですものね」

「そうね。今まではね」

「今までだけではありませんわ。あの方にとっても、わたしたち安一家にとっても、あなたは守り神ですわ。わたし永久にお姉さまを信じ、お姉さまを愛しますわ」

「あなたは良い方ですね。でも……」

いつもは春の夜のおぼろ月に照された湖の面のように、やさしい光の波をうかべている第二夫人の瞳が、そのとき、夏の雷雨で泡立《あわだ》った大河の黒々とした渦のような、陰気な色をたたえたのに、相手は注意をはらうこともなかった。

その瞳の色の変化は、彼女が夫の挙動を観察しているさいに、時おり現われていたものであった。

彼女は安家へ嫁入り前は、女賊であったと言う。旅の途中で危難にあった安公子を救い、それが縁となって、正式な家庭の女になったとも言われる。いずれにしても厚い土壁や石塀に何重となくかこまれた大家族の閨房《けいぼう》うちの事情は、外部にはもれにくく、詳細は召使も近隣の人々も知ることができぬが、武芸にすぐれた女賊であったこと、それだけが言いつたえられている。名門の士族の娘が、何故女賊に身を落したか。父の仇《かたき》である、時の大官をつけねらう目的からだと、彼女も説明し、家族一同もそれを信じている。仇の大官は、彼女の刃の及ばぬうちに病死したから、今では幸福な家庭の、若く美しい主婦として平凡なその日その日を送ればいいわけである。盗賊をとらえ、悪僧を殺し、山寨《さんさい》を焼きはらい、金銭をうばい、矢を放ち、馬を走らせた昔日の血なまぐさい生活は、今の彼女の、はじらいを含んだ、可憐《かれん》な姿にはあとをとどめていない。ただ人知れぬ場所で冷たく動く眼のするどさ、そのドロリと澱《よど》んだ油のような色、またあまりにも正確なガラスの切口のような形に、気づけば不安をおぼえる者もあったにちがいない。そこには天空を引き裂くように獲物《えもの》に向って飛翔《ひしょう》する猛禽類《もうきんるい》の、あの緊張した、遥か彼方《かなた》、人間の視力の及ばない地点をみつめている異常な情熱のようなものが、かくされていたはずであるから。

夫ははじめのうちこそ彼女をおそれていた。だが、今では男の子も生れ、自分の支配の下にあるおとなしい妻として、安心してかたわらに置いて眺めていることができた。ことに若くして県長となった自分の出世ぶりに満足し、毎日の政務にいそがしいため、第二夫人の心の奥など察しているひまはなかった。第一夫人の言葉のように、彼は彼女を熱愛していたが、やはり『女は男にしたがう可愛いもの』という定理が、その愛の底には横たわっていた。「盗賊を殺して、俺の命を救ってくれた強い女でも、家庭に入れば、やさしい妻になるのだ。これが世の中なのだ」寝室を共にする時など、夫は仙女《せんにょ》のような彼女の寝顔を見やりながら、家長らしい、ゆったりした気分にひたったりした。

第一夫人は、農家の出身であるだけに、田地のこと、小作人のこと、召使たちのこと、すべてまちがいなくとりさばいていたから、夫は家内のとりしまりにも気づかいはなかった。第一夫人にも男の子が生れ、朝廷のおぼえもめでたく、安一家には天のめぐみが明るくふりそそいでいるように見うけられた。だが第二夫人の瞳は、次第にその暗い色を増していった。

ある夏の朝、まだ城壁から見わたせる麦畠の大きなうねりの末が、もやにかすんで紫色に見える頃、見はりの兵士は異様なものを発見した。それは緑色の畠地と茶色の丘の間に、虫のようにうごめくものであった。紅、青、黄、黒、白、金、銀、あざやかな色彩を気味わるく示しながら、その集団は、この県城に向って進んでいるのだった。それは音もなく、しずかに大きさを増し、やがて武器の光りや、旗の色形が見えはじめた。

「白蓮教《びゃくれんきょう》……」兵士はそう叫ぶと、ころげるように城壁の裏の石段をかけおりた。

ドラや太鼓や鐘の音が、おびえたように県城のすみずみまでひびきわたった。物々しい街のざわめきを耳にしながら、県長は兵士の報告をききおわった。「城壁をかためよ。白蓮教徒に何ほどの力があろうぞ」彼は少しもさわがぬ風に命令した。

二人の夫人に対しても、彼は安一家及び県城の全住民の生命を手中にゆだねられた統率者としての威厳を示しながら、申しわたした。「おそれることはない。すぐ暴徒は追いはらってしまうから」

「城内の兵士たちの力で、白蓮教徒を追いはらうことができましょうか」と第二夫人は、夫の顔にジッと眼をそそぎながらたずねた。

「できるとも。できなければ、援軍を待つのだ」

「援軍が来なかったら」

「援軍が来なかったら……」県長はそう言いかけて、いらだたしげに舌打ちした。「そんな馬鹿なことはない。いずれにしてもお前たちは、俺に信頼していればいいのだ」

「わかりました。あなたの御命令にしたがいます」二人の夫人は声をそろえて言った。

それから、県城は夜も昼も、石火矢《いしびや》や地雷や、攻め手の叫び声におびやかされた。何度も城壁の一部がつきくずされ、敵の一部が侵入しては、また追いはらわれた。家々は焼け、貧民は食物を失って死んだ。糧食は残り少く、兵士たちはやせさらばえた。援軍の到着は何度も、予言されたが、そのたびに人々は期待を裏切られた。今では人々は、あわれな自分たちを援《すく》うものがあろうなどとは、考えなくなった。

「いよいよ最後が来たら、城を枕に討死にするだけだ。それが朝廷への忠義のみちだ」何度となく降服をすすめる使者をうけながら、県長は発狂したようなうつろな眼をして、力なく言った。

「もしも、白蓮教徒に内通しようとするものがあったら、老人でも女でも子供でもかまわぬ、全部、死刑にしろ」という命令も出された。内通者と疑ぐられて斬り殺されたものの屍体《したい》は、飢えて死んだ人々の屍体と共に、街路に投げ出されたままであった。その匂いが、それに黒衣のように密集した蠅《はえ》とともに、家の奥にも、屋根の上にも、みちひろがった。「私たちはどうなるのでしょうか。私の大切な夫や坊やや、それから、このあわれな城内の人々はどうなるのでしょうか」心やさしく、家庭に忠実な第一夫人は、第二夫人にすがりついて、涙を青ざめた頰に流した。「もしも、みんなの危難が救えるものなら、わたしは命を投げ出す覚悟ですのに」

「あなたが命を投げ出されても、人々の危難を救うことはできませんよ」と第二夫人は、いつもと少しもかわらぬ、さとすような口調で言った。「それはムダです」

「でも、このままではいられません。そうです。お姉さまは、お強い方です。キットあなたは安一家や城内の人々を救って下さるにちがいありませんわ。いつか御主人の命を救って下さったように。どうぞ今こそ、お姉さまの御力を御示し下さい。夫や坊やや、みなさんのために」

「わかりました。だが方法は一つしかないのです。それほどあなたがお頼みになるなら、わたしはそれを実行してもよいのですが」

「どうぞ、どうぞ一刻も早く」

「わたしは何年も前から、その方法を頭の中でくりかえしていたのですよ」

　第二夫人は謎《なぞ》のような微笑をもらしたが、それには悲しみとも喜びともつかぬ、うつけたような、酔いしれたような、底深い緊張がふくまれていた。

「あなたは、どんなことが起きても、自殺などしてはなりませんよ。それだけはなりませんよ」

彼女はおわりに、第一夫人にそう約束をさせた。

その夜、彼女は夫の寝入っている帳《とばり》の外に立った。重い剣が白い両手に支えられていた。やがて、熱い血潮が白い帳をぬらして、床にしたたり落ちた。県長はまだ愛する二人の妻を夢みている間に、その一人の手で、その首を斬りとられたのであった。

黒衣に身をかためた犯人は、高い城壁と深い堀を、闇にまぎれて通過した。そして、白蓮教徒の陣営をたずねた。彼女のたずさえた黒布の包みには、夫の首と一緒に、県の地図と城民の戸籍簿がいれられてあった。

その夜のうちに、県城の北門はひらかれ、白髯《はくぜん》をなびかせた白蓮教主を先頭に、荒くれた教民兵がたいまつを輝かして入城した。久しぶりで赤々と照された城内の、黒光りする古い石畳には、第二夫人をのせた、黒馬の蹄《ひづめ》の音が高くひびいた。

住民を殺害することは禁止された。教主は彼女との約束を守ったのである。次の日、勝利の酒宴の席で、教主はあでやかに化粧した彼女にたずねた。

「あなたは何故、夫を殺害されたのかね。住民を救いたかったからかね」

彼女はなよやかな白い首を、左右にかすかに動かした。

「ちがう？　それでは、我々と志を同じくするためかね。満州族を我々の土地から追いはらって、漢人の政府をつくろうとする、我々の主張に賛成したためなのかね」

彼女はやはり、無言で「否」と答えた。

「フン。まさか金のためでも、私怨《しえん》のためでもあるまい。すると……。あなたはいずれにしてもおそろしい人物だな」老練な教主は、いぶかしげに、この稀代《きたい》の美女の全身を眺めまわした。「あなたはわからん女だ。したがって油断のできん女だな」

「そうね」彼女はしとやかにうなずくと、突如、起《た》ち上って舞いを始めた。そのすがたは、きらびやかで、なまめかしかった。教主は何度も目をつぶろうとしたが、できなかった。たとえ目をつぶっても、女が発散する光線が磁力のようなもので、永年きたえあげた筋骨がしびれるのをおぼえたであろう。「止めろ。止めてくれ」教主はしわがれた鋭い声で叫んだ。「俺はまだ命が必要なのだ。止めてくれ」

彼女はすぐさま舞いを止めて、くずれるように坐《すわ》ったが、そのため美しさはいやまさった。

それから数日ののち、教主は彼女の寝室に忍び入った。彼女はそれを予知していたかのように、白い肌のあらわれた寝衣のまま走り寄って出迎えた。教主は彼女を抱きすくめようとした。その時、彼女の寝台の側に置かれた揺りかごの中で、目をさました彼女の男の児がけたたましく泣きはじめた。彼女は壁にかけられた剣をおろすと、鞘《さや》をはらった。教主がとめるひまもなかった。グキリと嬰児《えいじ》の、細い軟い首の骨の断ち切られる音がきこえた。そしてふりむいた女の笑のなかに、教主はかつて目撃したことのないあやしげな、すさまじい炎の光をみとめた。目くるめくのをおぼえながら、彼は「それほどの事はしなくてもよかったのに」とつぶやいた。女は「そうね。けれどこうしなければ、あなたはわたしを信じないでしょうから」と平常の声で答えた。

その夜から、教主は彼女の寝室に現われる習慣をつくった。しかし、慾望をとげおわると、そこそこに自分の部屋にひきあげる用心を忘れなかった。

ある日、彼女は第一夫人のもとを訪れた。第一夫人は眉をひそめ、よそよそしくこわばらせた顔をそむけて言った。「あなたはおそろしいお方です。わたしは、あなたとの約束がなければ、とうに、あの御方のあとを追って自害して果てていたでしょう」夫人の清い涙は、ふるえながら抱き寄せた男の子の頭の上に落ちた。「あなたは人間ではありません。あなたは自分の手で夫を殺し、子供を殺しました。あまつさえ夫の仇である男に身をまかせているのです。ああ、何というひとでしょう」

「でも、あなたはかつて、永久にわたしを信じ、わたしを愛すると言ったではありませんか」と相手はものやわらかに言った。

「ええ、言いました。それはあなたというひとの正体を知らなかったからです。わたしがだまされていたからです。ああ、知らなかった。知らなかった。わたしはあなたを憎みます。軽蔑《けいべつ》します。呪《のろ》います」

「そうでしょうね。しかしわたしは、あなたが今のような言葉を私に向って吐きかけることを、私が安家に嫁入する日から知っていたのですよ。いやもっと前から、知っていたのかしれない……」

憂愁の雲が、あけがたの谷間から起ち昇った形で、うす白く女賊のひたいをとざした。その暗い風雨を前知らせる雲は、彼女の首すじからも、指先からも、吐く息の中にもただよっているのだった。

「あなたがわたしを何と思おうとかまいません。あなたは今夜、旅の支度をして、坊やを連れて、南門の下に来るのですよ。あなたには坊やを育てあげる義務があるはずですからね。育てあげて、そしてあなたの目的を、あなたの子に実行させる必要があるでしょう？　あなたにはね……」

彼女の話しぶりには、あまりにも重みとやさしみがこもっているため、第一夫人は憎しみとおそれに身を固くしながらも、そのすすめを承知するより仕方なかった。

その夜、白蓮教主の寝室は刺客におそわれた。教主の代りに寝室に睡《ね》ていた身がわりの男の、教主に瓜二つ《うりふた》の首は、刺客の手で斬り落された。壁には、男の服の一部をひきちぎり、血潮をしませて刺客がしるした大文字が残されていた。それは『白蓮教主の首を斬りし者は、県長の首を斬りし十三妹《シイサンメイ》なり』という句であった。

十三妹とは、第二夫人の女賊時代の名である。

彼女は、白蓮教軍の軍用金の革袋と、第一夫人親子を舟にのせ、南門のほとりから河にうかんだ。上流の増水のために土色を増してふくれあがった河の腹をすべるようにして、小舟はみるみる県城を遠ざかった。『出発！　すべての、あらかじめ定められたるものをきわめつくすために』舟のまわりの水面のうすら明りから、星のまばらな天空までが、大きく、ゆるやかに廻転し、流れ動いて行く。その夜の自然の中に、女賊時代の紅衣に着かえた十三妹の胸のささやきを、第一夫人はそうききとるすべもなかった。夫人にとってはその舟旅は、不安な、不本意な逃亡にすぎなかったのであるから。

下流のある小さな村で二人の女性は別れた。十三妹は夫人に、軍用金の半分をあたえて、姿を消したのである。

第一夫人は夫の忘れがたみを育てて二年の歳月を送った。農村の生活になれている勤勉な夫人は何不自由なく暮した。しかし夫人の胸にはいつも、あの十三妹の紅衣の姿がのしかかっていた。夢の中でも、十三妹の手にした気まぐれな剣が、キラリと閃《ひらめ》いて、自分の最愛の子供の首すじに振りおろされるのを見て、悲鳴をあげて目ざめることがあった。「いつか、あのひとはかならずやってくる」この予想は彼女をたまらなく不安にする。しかし十三妹にめぐりあいたい心もたち切れなかった。何故ならば、十三妹は、彼女の夫の、したがって彼女の子供の仇敵《きゅうてき》であったからである。

ある秋のしずかなまひる時であった。それはかつて安家の女部屋で、二人の女性が、菊の香のただよう中で、平和に明るく語りあった日を、彼女に想い出させた。農家の垣《かき》にも、菊の花が乱れ咲いていた。「お姉さま。わたしは永久にあなたを信じあなたを愛しますわ」第一夫人は再び、かつての日の言葉をつぶやいてみた。するとたちまち重苦しい悲しみが胸にみちひろがった。「どうして、あのひとは、あのようなおそろしい事をしなければならないのだろうか、あのような美しいやさしげなひとが。一体あのひとは何を求め、何を考えているのだろうか。そしてどのようなしわざをつづけているのだろうか」

夫人の物想いに答えるように、街道に通ずる村の入口に砂塵《さじん》が舞いあがった。そして騎馬の者の姿が二つ、まっしぐらに近づいて来るのが見えた。十三妹と侍者の二人である。

別れてから二年、十三妹の顔は、血色も良く、肉づきも良く、輝くばかり若々しかった。侍者は夫人の今まで見聞したことのない黒色の若者だった。棗《なつめ》そっくりの、紫色がかった黒い皮膚は油を塗ったように汗で光り、たくましい四肢《しし》は、森の獣のように敏捷《びんしょう》にうごいた。ことにその両眼は、それに睨《にら》まれるとこちらの身がすくむような、邪悪な、強烈な色を持っていた。

「こわがることはありませんよ。広東《カントン》で買った黒人の奴隷ですからね。とても可愛い男なんですからね」と十三妹は夫人に説明した。「とても親切な、とても忠実な、私にはなくてはならない忠僕なのよ」

二人きりになると、彼女は夫人の肩に姉のように手をかけてたずねた。「あなたはまだわたしを憎んでいるでしょうね。あなたの夫を殺したのですものね」

夫人は下うつむいたまま、おとなしくうなずいた。「憎んでいるばかりではありません。おそれていますわ。あなたは何故わたしを訪ねて来たのですか。まさかあなたは……」

「御安心なさい。あなたはわたしを憎み、あなたの子供を育てあげ、そしてあなたの夫の仇として、わたしをつけねらわせようとしているのでしょう。しかし、わたしはあなたを憎みもおそれもしはしません。また、あなたの子供を殺すこともしはしません」と十三妹は微笑して答えた。

「わたしにはその必要がないのですからね。何故と言って、わたしには、あなたも、あなたの子供も、私に対して何一つできないことがよくわかっているのですからね。ずっと前から、わたしがあなたの夫を殺すまえから、わかりすぎるほどわかっているのですからね」

「あなたは一体、何をやろうとしているのです。何を考えているのです」

「わたしが何を……。そうね。それより、わたしがこの二年間、何をやって来たかお話した方がよくはありませんか。その中には、あなたの一生に関係のあることもありますからね。たとえば、あの白蓮教主のこと。あのひとも、あなたたち親子の仇なのですからね」

それから十三妹は、彼女と白蓮教主との再会の模様を語りきかせた。

それは中国の四つの高山の中でも、最もけわしい山岳の絶頂においてであった。そこは世をのがれた仙人か、地上の刑罰をおそれた罪人たちの中でも、特に体力のすぐれた者でなければよじ登ることのできぬ峯のいただきであった。その底知れぬ渓谷に面して、鳥の首のように突起した青黒い岩の上に教主は端坐していた。雲や霧が、彼の痩《や》せおとろえた身体をとりまいて漂っていた。その一年前に、白蓮教軍は政府軍の包囲攻撃にあい、教徒は四散していた。多くの首領はとらえられ、処刑された。ただ教主一人は行方不明なのであった。

二人は、まるで自分たちが、そのような場所で再会するのをまえもって明知していたように、少しの驚きもあらわさずに向いあっていた。

その時の教主は、彼女の、天下の名山をめぐり歩き、奇岩怒石を探りもとめていた眼には、鳥の首の形の岩の頭にへばりついた、とさかがたの石の一片のように映った。

「あなたはわしの最後に間にあわれた」と教主は言った。「あなたのような女に、わしの最後をみとどけてもらうのはうれしいことだ。わしは今こそ、あなたが何を考えていたかわかるような気がする。あなたは何も考えていはせんのじゃ。ただ、あなたには先のことが何から何までわかってしまうのじゃ」

彼女のやさしくうなずくのを眺めると、最後の声をしぼり出すようにして教主は叫んだ。

「そうじゃ、イヤでもわかってしまうのじゃ。あなたには無能の夫が、あの県城を守りおおせないことがわかっていた。そのために夫の首を斬って、わしの軍隊をひき入れた。また、あんたには白蓮教軍の破れ去ることがわかっていた。そのためわしの首を斬り、軍用金をうばって逃亡した。その他多くのことが、たまらないほど多くのことが、あなたにはわかってしまっているのじゃ。そのためあなたには考えることがなくなったのじゃ。幸福も不幸も、善も悪も、すべてあなたの前から消え失せたのじゃ。さあ、わしは今こそ、あなたの正体を見破ったぞ。さあわしの首を斬り落すがいい。わしはもうおそれはしない。わしの任務はすでに終ったのじゃ」

「そうね」彼女は何の興味もなさそうにつぶやいた。「そのとおりかもしれないわね」

彼女がもと来た路を引返そうとすると、教主は必死の叫びをあげて、あわれげに彼女によびかけた。それは泣くような、訴えるような声であった。「何故斬らぬのじゃ。何故わしの最後を見とどけてはくれないのじゃ。あんたには、もうわしの生死は問題にならぬのか。ひき返してくれ。わしの死ぬまで、ここを去らずにいてくれ……」

しかし彼女は後をふり向こうとはしなかった。教主の絶叫はなおしばらく峯々にひびきわたった。やがて教主が自ら両手に握った剣で斬り落した首が、まるで大きな木の実のように、岩から岩をころげおち、霧の中にかくれ去った。霧ははるか下界から噴《ふ》きあげられ、岩のわれ目に流れ入り、また生物のようにそこからはい出していた。霧は今まで彼が端坐していた突起した岩の姿をもその白い腹の中にかくし入れ、やがて峯をすべり降りて行く十三妹の上に、やわらかく、ものうく舞いおりて来た。

「このようにして、あなたの仇敵の一人は自ら命を絶ったのです」語り終った十三妹は、第一夫人の顔色をうかがった。「この世の中には、このような奇怪な事実はいくらでもあるのです。毎日毎夜、数え切れぬほどの事件がこのようにして起りつつあるのです。それがもし前もって、わかっていたとしたら、あなたは一体何を考えたらいいと思いますか」

やがて十三妹は夫人に別れをつげた。たくましい黒奴《こくど》をしたがえて馬にまたがった彼女は、何ごとか声高く笑い興じて、村里から遠ざかって行く。その何物をもおそれぬ笑い声を、第一夫人は、その日は、いつもと全く異った心できく想いであった。「もしかしたら、あのひとは不幸なのかもしれない。わたしたち弱いもの、無智なものより、倍も十倍も不幸なのかもしれない」と夫人はひそかに想いつづけた。「お姉さまは、もしかしたら、あのようなことをするより仕方なかったのかもしれない。何故といって、お姉さまには、あまりにも先のことが、何から何までわかりすぎてしまうのだから。あのような方を愛することは、誰だってできはしないのだ。あのような方を幸福にしてあげることは、誰にもできはしないのだ。わたしまでが、このわたしまでが、お姉さまを信じ、お姉さまを愛しつづけることができなかったのだから」

人間以外の女

薬屋の許仙《きょせん》はとりたてて能のある男ではない。気もやさしい、正直な人柄だが、商売の腕はさっぱりない。ただ彼が噂《うわさ》の種になるのは、女房が美人だからである。

女房は非の打ちどころのない、いい女である。働き者で、よく気がつく。そして妙に色気が濃い。一度この女の顔を見た男はなかなかそれが忘れられない。男の魂を吸いつけるような力が、そのしなやかな身体に具《そな》わっていた。ただの人間にしては、綺麗さがあまりに徹底しているほどだ。夫の許仙はもちろん、街の者は彼女にほれこみ感服している。「だが、何故こんな見ごとな女が許仙などの妻になったのか」という一種の不満は誰にでもあった。しかし、この女が人間以外のもの、まして蛇であろうと考え出す者は当分の間いなかったのである。

ただ一人そんな疑いを起した男がいた。許仙の姉の夫である。ごく身分の低い小役人であった。両親のない許仙を何かにつけてめんどう見てくれるのは、この義理の兄一人。姉も弟同様おひとよしで、あまり働きのある方ではないから、義理の兄は万事に気をつける。下廻りの役を永年勤めただけに、世間ひととおりの義理人情もわきまえ、つらい暮し、不自由なしきたりに、どうやら堪え忍んで行く智慧は身につけていた。

「どうもお前は、血のめぐりが悪い。それで世間はわたれないよ」などと弟に忠告することがある。「人間、ぼんやりしてると、いろいろの目に遇《あ》う。いつでも気をつけているのが大切だ。気をつけて、骨惜しみさえしなけりゃ、悪いことも起さずにすむ」

この兄も、最初旅先から弟が嫁をつれて帰った時には、さすがに眼を見はった。できたらこんな女をと思っていたそっくりそのままの、むしろ望外ないいかみさんである。よくもお前がと、女房ともども大いに喜んだ。

「ちょっと綺麗すぎるがな」そう妻に向って冗談を言ったが、それは不吉の意をこめてではない。多少うらやましい程度の気持だった。許仙の姉などは、弟の嫁の働きぶりにただただ感心させられるばかりである。思いもかけぬ多額な銀を持参して、店びらきの費用にと差し出されたが、そのすじょうを疑ったことはない。

義兄の心境の変化は、彼が故郷へもどった際に起きたのである。弟の妻の挙動に特に注意するようになったのは、それ以後である。

兄の故郷は沼沢が多い。沼地が村と村の間に満ち、雲霧に閉《とざ》された季節がつづく。昔から蛇の物語がそこに伝わっているのはその風土のためである。兄も子供時代、よく蛇の物語をきかされた。子供心に、蛇の超人的作用をおそれたものである。その後北へうつり、平凡な雑務に追い使われて年をとるにつれ、これら非現実的な物語は、いつか彼の頭から消え去っていた。

ところが久しぶりに故郷へもどり、喪式をすませた日に、彼は偶然この村に最近起きた蛇事件をきかされた。その事件は、蛇がたたるのではなく人を助ける話だった。その村のある老人が子供時代、悪童に苦しめられている蛇を助けてやった。後にその老人の息子が、非常な美女を妻にした。その妻が蛇の化身だったというのである。

この妻は、話の様子では、弟の女房によく似ているな、と義兄はフト思い当った。完全な美女で疲れを知らない。普通人なら土地者でもけだるくなる端午《たんご》節の頃でも、まるで湿気を感じないように、むしろ湿気に元気づけられるように、生き生きと艶《つや》っぽい。そして村のいざこざ、家庭のもめごとがいくらはげしくても、それにかかわりなく、微笑をうかべて平気で暮す。叱られても、ほめられても気にしない。食物が不足しようと、寒暑がひどかろうと、他の女房に我慢ならぬことが何でもない。夫の命令どおり、むしろ夫の気づかぬ前に、仕事をすます。醜い、かい性もない夫に不足がましいことも言わず、母が子を、姉が弟をいたわるように仕える。夫が何かせっぱつまると、自分でだまって解決してしまう。つまりあまり理想的でヘンなのである。

ヘンではあるが、この場合にも、誰一人この女房が蛇だとは気がつかなかった。それがこの八月、夫婦で河へ出た。隣村に用があったのである。昼すぎから空模様があやしくなり、小さい舟が小川から湖に出るころ、嵐となった。風のためか小舟は風雨の中を、岸によらずに、次第に湖心に近づいた。雨の光り、風の声は小舟めがけて四方から集った。舟が転覆して水中に没してから漂着したその息子の話では、女房がその風雨を駆使したものらしい。その物おそろしい暴風雨の中でも、女房は少しもあわてず、夫の顔をしげしげと眺めてしずかに語った。私はあなたのお父様にたすけられた蛇の化身です。今日まで御恩がえしにと思って、おそばに居りましたが、命数が参りましたからおいとまいたします。かげながらあなた様の御幸福を祈っております。そう語り終ると、女房は湖面に身をおどらせ、青黒い水がたちまち大きくうねり巻くと、大蛇の鱗《うろこ》らしきものが、ギラリギラリと波間に光った。息子はそのまま気をうしない、気がついたときは、自分の村の小川の岸に漂着していた。

「それはそのはずですよ」義兄にこの蛇事件を話してきかせた村の者は、こう言ったそうである。

「第一、あんな申分のない女が、ただであの男の女房になるはずがありませんや、どう考えたって、あの女、人間としちゃヘンでした。ともかく、人間には過ぎてましたな。それに気づかずにいたのは、こっちがうかつです。恩がえしか、たたったのかわかるもんですか。えらいもんに見込まれたもんでさ。あの息子も可哀そうに、あれ以来、半病人です。無理もねえ、いくら恩がえしでも、蛇を女房に持った以上、永もちはしますまい。いい迷惑でさ。いくら利口でも、根が畜生、こちとら人間なみのつきあいが出来るはずがありませんや。馬鹿々々しい」

こ気味よさそうに相手は言った。義兄はすっかり、暗い沈んだ心を抱いて、もどって来たのである。

「人間どうしのことなら、何とでも始末がつくが、ひょっとして弟の女房が人間以外の奴だったら」彼は湖心に青黒いうねりを巻いて動き去った蛇の鱗を想像して、背すじが寒くなる。常識を絶したことがこの世にあるとしても、それだけなら我慢はできる。それが自分の身近で起きられては、いてもたってもいられない。どうせ弟一人の身ですむことではあるまい。不幸は急に冷たい手で、義兄の背なかをなぜた。

薬屋はあまりはやらない。むしろほとんど客足が絶えている。このままでは店じまいするばかりであった。許仙は店をはやらせるすべを知らない。元気のない夫をなぐさめたり、はげましたりしていた女房は、夕方手がすくと外出する。空の色のうつりかわり、河の水色の濃さうすさ、畠の泥の小虫たちのうごく方向など、澄んだ瞳をこらして眺めては家へもどる。それが二、三日続いた。或る日突然、熱心に下痢の薬をこしらえはじめた。あまり見かけない調合法である。朝からつくり出して一日中手を休めない。夕食がすみ、夫が床に入っても自分は灯火をかきたて、睡《ねむ》ろうともせず、丸めた丸薬を袋に入れる仕事をつづけていた。夜半から風雨となり、それが天地も崩れんばかりの荒れかたである。村里では水も出たらしい。

一夜明けると、客がボツボツ来る。どれも下痢の薬を買う。その薬が効くと見え、昼頃からは、ぞくぞくと客がつめかけ、ひきもきらない。許仙はすっかり喜んで小僧を指図し商売にはげむ。干しかためた茶褐色の蛇や、黒光りするゲジゲジ虫や、さそり、膏薬《こうやく》の甕《かめ》に貼《は》られた紅色の紙、粉薬を包んでぶらさげた金紙銀紙、薬剤や線香の匂いを発散させる薬だんすの金具の光り、その黝《くろず》んだうす暗い店の奥で、青く見えるほど白い頰の肉をほころばせ許仙の妻は珍しい店の活気をしとやかに眺めている。その口もとの笑いは、神秘的ともいえる。やさしく、たのもしいともいえる。義兄一人はその笑いをつくづくおそろしいと感じた。

許仙の店が一年分の儲《もう》けを四、五日で収めたあと義兄はなにげなく弟にたずねた。

「お前、なにか子供の時でも蛇をどうかしたことないか。助けたとか、放してやったとか」

「蛇って、別に」と弟はしばらく考えていたが、フト思い出したように「わたしは別にありませんが、そう言えば死んだおやじが、水車の輪でおしつぶされた大きな蛇を拾って、沼へ放してやったことがあるそうですよ」と答えた。

「そうか、やっぱり」とうなずくと、義兄は緊張したおももちで黙り込んでしまった。

それから二、三日、青い顔をして考えあぐねていた義兄は、その頃学識深いので有名な金山寺の僧侶《そうりょ》のもとへ出かけた。そして自分の日頃の心配を打ち明けた。弟の嫁のあやしい模様など、いちぶしじゅうを聴きとった僧は、いかにも経験を積んだ、智慧のゆたかな顔をむずかしげにしかめながら親切に話してくれた。

「その女が蛇であるとは、今すぐ、わしには断言できぬな。だが、いずれにしても、異常のものにはちがいないのじゃ。一般に女というものは欠点の多いものじゃ。ところがこの女には全くそれがない。これはチト奇妙じゃ。わしの今までの体験で言うとそのような完全すぎる女人というものは概して尋常の人間ではない。男にとっても最も危険なしろものじゃ。ことにお前の弟のように精気のうすい男の場合、体力や才能が格段と強い女のため破滅をこうむることは考えられるな」

「それでは、一体どうしたらよろしいものでしょうか」

「蛇であるかどうかためす薬はある。それを持ちかえってその女に飲ませ、お前が自分でみとどけるより仕方がない。しかし、よく言っておくがな」と僧は賢そうな眼を細めながらつけ加えた。

「その女が蛇とか、何か人間以外のものであっても、夫婦がうまく行く場合がまれにある。うまく行く場合は世間の人々の問題にもならぬから、公にはわからんのじゃ。わしも悪い場合にかぎり相談されるので、良い場合は取扱ったことがないのでな。お前の弟嫁の場合も、たとえそれがうまく行っていても、なお、おそろしいのなら薬を飲ませなさい。さもなければ、やめる。その点は弟ともよく相談するのじゃな」

義兄は厚く礼をのべてたちかえったが、もう考える余地はなかった。人間以外の女を妻として無事にすむわけがない。この夫婦がうまく行く、そういう異例な幸福が許されるとは彼の人生哲学が承知できない。四十余年の生活の与えた常識をくずすわけにはいかないのである。

「お前の女房が蛇だったら、お前、どうする」と翌日、義兄はひそかに弟にたずねた。

「お前それでも怕《こわ》くないか」

「……一体、それ何の話なんだか」弟はアッケにとられ、しばらく兄の顔をみつめたままであった。「急に言い出してもお前には信じられんだろうが、俺としては、ずいぶん研究した結果なんだ。昨日も金山寺の坊さんに御意見をうかがったんだがね」義兄はふるえおののく弟に、かんでふくめるように説明してきかせた。それは弟がどうしても兄の説を信ぜずにいられぬほど、証拠のそろった、理路整然たる論法であった。

「自分で気がつかなかったのか」

「ええ」

弟は、身も世もない恐怖におそわれながら、あらためて自分の日夜起居を共にする妻というものを考えなおしてみた。ことに夜のたわむれの際の妻の身体の魅力のことなど、なやましく想い出した。こっちの身体が溶けてなくなる、あの金しばり同然の女体の秘力には、呑みこむ前に蛙《かえる》の全身をすくめる蛇の威力がそのまま表現されているような気がした。

妻のほかに女の経験のない彼には、妻の与えた快感が、毒ある動物のしかけるまどわしの作用とまで考えられて来た。

「こう言っちゃ何だが、お前、自分で考えて、あんないい女が自分の女房になるのをヘンだと思わないか、ええ?」と兄に言われ、それもなるほどとうなずかれた。現に街一番の美人とつれそっている。我ながら不思議だ。たしかに、あり得べからざる事があったのだ。「ではお前、これを飲ませてくれ、いいな、まちがいなく」と、薬をわたされてからも、恐怖はますばかりだったが、それと同時に、何とも言われぬ淋しさ、悲しさ、つまらなさ、たよりなさが彼の胸のうちにみなぎりわたった。今では、女房なしでは生きていないも同然の自分である。その女房が人間でないという。あのたまらない可愛らしさ、けなげさ、すなおさ、まめやかさ、妻として自分を慰め守ってくれるすべての美点が、人間でないことから来ている。自分の好きな部分はみな蛇の部分だ。これは平凡無知な許仙にも深刻な、悲劇的な苦しみをあたえた。大哲学者一生の思案の苦しみにおさおさ劣らぬほどのものを、あわれな夫は夜までの数時間に体験してしまったのである。

その夜は仲秋節に近く、明るい月の光が夫婦の寝室に射し込んでいた。酒にまぜた麻薬を妻にのませると、夫は不安でいても立ってもいられない。久しぶりで飲んだ酒のせいか、輝くばかりの裸の肌の隆起したところ、おちくぼんだところ、ところどころがほの赤らんで、ちょっとした手指や足さきの動きで、女の匂いと温かさがゆらぎのぼる。これが蛇だとおびえながら、はじらうように、さそうように投げ出された妻の身体に、許仙はついフラフラと抱きつきそうになる。

突然、薬のききめか妻は「アッ、アッ」と胸をおさえて苦しみはじめた。やがて腹をおさえ、眉をすぼめ、両足をそらし、全身をよじり曲げて苦しみ出すのを見守っている勇気もなく、「い、今、水を持って来てやるからな」と寝室をとび出したが、再び閾《しきい》をまたぐ気力もなえはてていた。あとにはとばりの陰に身をひそめた義兄が、今こそ女が蛇身に変ずるかと、一世一代の冒険に手足をこわばらせて立ちすくんでいた。

折から月はますます冴えわたり、苦痛のため、夜の衣をずり落してしまった女の全身に、月光で浮きあがった血脈の中の一うち、肌のくぼみの毛すじの先の一そよぎまで、あからさまに照し出され、汗とも液ともつかぬものをたらし流してうねり動く肉のかたまりが、たちまち醜い鱗におおわれるのはいつかと、ブルブル胴ぶるいしながら見つめるのに、女は、一向に蛇らしくなく、いよいよはなやかに、なまめかしく、「アッ、アッ、アーッ」と喘《あえ》ぎながらもいやが上にも人間の女の好ましさを見せつけるばかりである。おどろきあきれていたのも束の間、やがて神経はつかれはて、頭脳はもうろう、呼吸さえ定かでなく、運を天にまかせている。そのみじめな両眼に映し出されるのは、これこそ生れてはじめて、正真正銘の「人間」の女の乳房や股や背や唇であり、円満豊熟、恍惚《こうこつ》として失心せんばかりのあでやかさに疑いも邪心も、世間できたえた官吏根性、市儈《しかい》の才覚も、はや四散してしまった。

苦痛とも快楽ともつかぬものに、ほしいままに肉身をおどらせていた女は、白色白光、冷たい焔《ほのお》でもえあがり、地獄の光りで輝くかと見るまに、一声かなしく夫許仙の名を呼ぶと、寝台をころげおち、這《は》うが如く、ひきずるが如く窓を越え、夜気をたっぷりたたえた戸外へすべり出て行った。やがてかすかにドボリと水音がしたまま、あとは万物死にはてたような静けさである。

しばらくして、おそるおそる寝台をのぞき込んだ許仙は、部屋のまん中に正体もなく白眼をむいている義兄の姿を見出した。

「蛇だ。蛇だ！」と彼は何も知らずに寝入っていた姉をたたき起す。夜半の騒動に近隣の者もゾロゾロ店から奥へ入り込んで来る。うろたえた弟の口から、支離滅裂の話のすじみちをききとっているうち、ようやく息をふきかえした兄がつぶやくように語る言葉などから推察して、姉と近隣の人々は、はじめて事件のあらましを悟ったのである。

「おそろしいもんだね。蛇だったのかね」「そう言えば、冷たいところのあるひとだった」などと、主婦や娘たちは好奇の念にかられながら、ささやきかわす。

男たちは男たちで面白そうに、「許仙の奴、身のほど知らずの女房など持ちやがるから罰があたったのさ。あいつがあんな女房を抱いて、一生しあわせで暮せたら、天とうさまも不公平すぎるさ」とあざけりながら引きあげて行く。なぐさめたり、はやし立てたり、ガヤガヤ騒ぐだけ騒いだ女や老人も立ち去ったあと、許仙と姉は、そろそろ朝の光でハッキリ見え出した互いの顔を見あったまま、呆然《ぼうぜん》と腰をおろしたきり、動こうともしないのであった。

恐怖が消え、興奮がおとろえ、今しがたまで妻のねていた寝台の上の紅あざやかな布団を見やっているうち、許仙の眼は涙にかすみ、しずかな深い悲しみがヒタヒタと胸に打ち寄せて来る。

「蛇だったのか。やはり蛇だったのか」と想いなおしても、驚きより先にやるせなさで泣けて来るのである。彼がすすり泣いているうち、姉も急に鋭い声でしぼり出すように泣きはじめた。

「お前さんたちは、何てことをしてしまったの、えらいことをして下さった」と彼女は怨《うら》めしそうに言うのであった。「あのひとのどこが気にいらなかったのさ。一体どこがいけないのさ。人間以外の女？　それがどうしたというのさ。女が人間以外の者であって、何故いけないのさ。あのひとが人間以外の者だからこそ、許仙もほれこみ、わたしも、頼りにしていたんじゃないか。人間、人間って、お前さんたち今までにどれだけ立派なことをしたのさ。男なんて何さ。ほれたり可愛がったり、抱きついたり吸いついたり、さんざん勝手な真似をしておきながら、人間じゃないからいけないなんて、よくも恥ずかしくないもんだね。そんな男が人間なら、わたしは蛇の方がよっぽどいい。蛇の方がよっぽど人間らしいじゃないか……」

姉はしゃくりあげては狂乱して叫びつづける。それに対して二人の男は一言の答えもできなかった。

「……何しろ、学問のある金山寺の坊さんが薬をくれたもんで、ついな」と義兄がオズオズ言いかけると、「学問が何よ、そんなもの何の役に立つの」と火を吐くように怒鳴りつけられ、しょんぼり首うなだれてしまう恰好には、かつて弟の不注意をとがめさとした分別臭い小官吏の自信はもはや全くみとめられなかった。

それ以後、許仙は、人間以外の女の精気をとり落してしまったせいか、日に日に物憂くおとろえて行き、義兄は義兄で、「世の中には常識でわからない事が起り得るもんだ。しかもそれが防げないのだ」と思案しては、勤めに精だす張りも失い、薬屋の店はさびれて、幽霊屋敷のように、うす汚れた、はかない形をとどめていた。

盧州《ろしゅう》風景

水野雪江さんがなくなられてもう五年になる。結婚して日もないのに旦那さんが戦死され、水野さん自身は看護婦として支那大陸へ渡った。そして一年半ばかりの病院勤務ののち、コレラ菌におかされて、あちらの土となられた。私は雪江さんの妹さんから、この手記をおあずかりした。手記は死の直前、死の迫るのを知らぬ雪江さんが、当時働いていた盧州の病院で書きつづったものである。あちらの風物に接して感じたことを何心なくしためただけであるが、終戦までは発表するのを気づかわれる箇処もあり、今日に至った。かなしみを忘れるために異国の自然にひたり切っていた雪江さんの気持は、今読みかえしてみて、よくしのばれ、盧州の秋景色の中にたたずむ白衣の姿が眼に浮ぶようである。ことに大陸の風物を愛する私にとって、自分の眼ではもう一生眺められそうもない古城盧州の全景が、日本の一婦人の筆で書き残されていることがひそかな楽しさでもある。それは手記をしたためた時の雪江さんの心にくらべれば自分勝手な、あさはかな、淡い楽しさにすぎないのであるが。

×××

私は秋のやって来る気配を少しも見逃すまいと気をつけていた。いつか人知れずやって来る秋のほんのちょっとした前ぶれでも見つけたら、もうそれで楽しみが湧いてくるのに。楽しみはひとりでに胸のうちにひろがり、いろいろのことがまた生き生きとして来るのに。季節のうつりかわりがどんなに不思議な力を持つものか、私にもかなり良くわかって来たつもりだ。眼にうつる自然の変化のあの得《え》もいわれぬ玄妙なはたらきは、何ものよりも私には親しいものだ。何ものよりもと言って、仕事以外に何もない私だけれども。上陸してから僅《わず》か一年あまりなのに、その一年の季節のうつりかわりが、一生忘れられないほど根強く身にしみついてしまった。木の葉一枚の色の変化で心がときめくことがあるのは何故だろうか。秋から冬へ、冬から春へ、春から夏へ、私は物珍しい生活をつづけている。どの小さな部分をとり出してみても、生活の想い出がこんなにせつなく心にしみるのは、みんな自然の季節のためなのだ。そのほかに何があるだろう。今、この盧州で私ははじめて知る夏から秋への移りかわりを心楽しく待ちうけている。

　盧州の街はどこもかしこも白い夏の埃《ほこり》を浴びていた。埃は石畳の上にも壁の上にも溜っていた。そして屋根からも舞い上り、またさまざまの風に乗って街の上に降りかかっていた。なかば傾いた家の柱や、ぶらさがった看板も土埃のために白くなり、何となく形がぼやけて見えた。家の奥まで埃は入りこみ、夏でもひやりとする陰気な竈《かまど》のあたりまで来て積もっていた。空の色も埃のために鈍くなっていた。そんな空の色を、しかし私はあまり仰ぐ暇がなかった。コレラを予防すること、私の勤務している病院の当面の任務が私を狂気じみたいそがしさに追い込んでしまったからだ。

「いいかね。コレラはどんどんふえるよ。君たちだって不注意すればすぐかかる。かかれば自分が悪いんだからね」

私が配属することになった外科の森医官は、私が申告もおわらぬうちにきびしく言いわたした。

街には至るところ、コレラに負けぬようにとの貼紙《はりがみ》がしてあった。その貼紙も埃をふくんだ夏の風にあおられ、裏がえしにされ、下半部をちぎられ、文字も見えぬほどバタバタ動いていた。乾燥しきった無愛想な街並は、はげしい日光の下では、馬鹿げたような、にくたらしいところがあった。暑さよりも、その埃にうずもれた街のだらしない乱雑な有様が私の心を打った。おびやかすような伝染病の貼紙が死の啓示に似て奇怪に陰惨であった。乾きはてた空気のくせに時々、人の去ったあとの家の奥から古い香料や酒の匂いが流れ出して来て、埃で白くなった鼻の中へツーンと入って来た。その匂いを嗅ぐと、ああ街には人がほとんどいないんだな、と今あたらしく感ぜられた。それでもそんな人気《ひとけ》のないうす気味わるい街に対しても私は自分の興味を棄てなかった。住民の退却したために荒れ果てた町には私はなれていたし、この街もゆっくりと自分で歩いてみたいなと考えていた。私に歩きつくせる手頃の町だし、人のいない街の狭い石畳路を曲りくねってどこまでも歩いて行き、どこへ行きつくか試してみたらいいだろうな、などと空想はした。しかしそんな私ののんきな空想は容易には実現されそうもなかった。私の耳もとでは厳格な森医官の声が日夜鳴りひびいていたのだから。

秋が来るまでは何もかも走馬灯《そうばとう》のようにめまぐるしかった。

「死亡率は三割だ」深夜まで医官は統計表を前にして疲れた顔を緊張させていた。「これだけの人数じゃとても無理なんだ。それにみんな熟練者じゃないんだから」

医官はまだ三十前で、仕事に夢中になると私や楊《ヤン》さんをいらいらとせきたてた。この予備病院は広い中学校の校舎に開設されていた。毎日増加する患者はその校舎にあふれていた。外科の第一病棟は私と楊さんがうけもたされた。楊さんは盧州の町の娘さんで元気よく働くが日本語がわからなかった。担架や粥《かゆ》の桶《おけ》をかついだり、薬や蠟燭《ろうそく》を分配したり、消毒水や石灰粉末を撒《ま》いたり、仕事はあとからあとからとつづき、食事のひまもなかった。患者たちを喜ばせ、助けられるというのぞみで、ただそれだけで元気をつけた。しまいには二人とも地べたに坐りこみ、顔みあわせて笑いながら、身うごきできずにジッとしていることもあった。

「裏門の消毒水がカラッポになってるじゃないか」そんなに疲れはてている私たちに向っても、医官は遠慮なく命令した。私たちは肩や腰をさすりながら重い水桶をかつぐために起《た》ち上る。

朝起きるとすぐ二人は石灰をブリキ缶《かん》からガラガラ木の箱へあけて、それに水をぶちあける。石灰は噴火でもするようにシューシュー白い煙をたちのぼらせ、みるみる砂糖のような純白の粉末になる。石灰はすばらしい熱を発散するため、注意しないと危険であった。

ある朝、楊さんは、木の箱にかけた蓆《むしろ》をまくる時、アッと叫んで二、三歩あとへさがった。熱に焼かれた片手をおさえて、白い顔を青くして立ちすくんでいた。

「駄目じゃないか。焼けどするにきまってるのに」通りかかった医官は大声で叫ぶと、いきなり楊さんの手を握ってしらべようとした。楊さんは首を振って身をひき、反抗するような目つきで、キッと医官を睨《にら》んだ。それがいかにも若々しく野性的で、私は思わずハッとした。医官が去ったあとも楊さんは唇をかんで同じ姿勢で立ったままでいた。私はそんな気の強い楊さんをたのもしいひとと思った。

門前の甕《かめ》には溶製石炭酸を入れる。石炭酸の液は茶褐色のビンの口から、水を一杯にはった大甕《おおがめ》の中へ、ドボリドボリと落ち、白く溶け、やがて無色に澄んで行く。そんな時でも、若い楊さんは、ぼんやりしていて液がじかにかかり、皮膚を赤くはれあがらせたりする。痛そうに顔をしかめても、私に心配をさせないよう、いつも快活そうにどんどん仕事をかたづけてくれる。

私たちは誰もかれも消毒水の匂いをプンプンさせながら歩きまわっている。日に何度も伝染病患者を担《かつ》ぐし、たまには患者の嘔吐した汚物が手や肩先にかかるので、門の出入にはポンプの消毒液の霧を浴びるからである。元気な楊さんは、そんな霧を浴びるのは、めんどうなのであろう、いいかげんにすませようとする。でも私はアーンと口をあけさせ咽喉《のど》の奥まで吹きこんであげる。困ったように赤い唇を丸めたり、開いたりする楊さんはとても可愛い。私たちは大きな白い手術衣を着て、ゴム長靴で音もなく歩きまわる。夜など幽霊の動くのに似ている。その幽霊用の手術衣を着た楊さんは、貧乏な天使のように美しい。たとえいやがっても私は私たちの守り神である消毒液で彼女をグショグショにぬらしてやらなくちゃならない。もし楊さんが菌におかされたら、ああ考えるだけでもおそろしいことだ。楊さんときたら、冷える夜でもその霧のかわかぬ間に、もう毛布を半分かけたまま眠りはじめる。

風が吹けば吹いたで、雨が降れば降ったで私たちは白い石灰を撒いて歩く。石灰の粉末は細《こまか》いので、眉毛にも頭髪にも附着し、油断するとむせかえる。中学校の校舎ばかりでなく、附近の民家まで拡張して病舎にしてある。昨日まで誰もいなかった空屋に今日は痩せおとろえた病人が寝ていることがよくあった。次から次へと病室を増すため、その番号が入り乱れ、近いはずの番号の部屋がとても遠くにあり、こんな所にと驚くほど曲りくねった路の奥に、テントをかぶっただけの兵士が二、三人淋しげにかたまって転がっていたりした。壁から壁へ穴をあけ、家から家へ壁つづきに続く病室をくぐり抜けるようにして、二人はマスクをかけた幽霊姿で、路地も敷石も溝も便所も井戸も、空地も真白にするまで休まなかった。

コレラ顔貌！　私は永久にそれを忘れられぬだろう。死人よりも醜い。ともかく生きていて、ほとんど生きていないくせに、それでも死のうとしない仮面のような顔。四角い顔も丸い顔も、勇気のみちた顔も意志の強い顔も、みんな同一の顔貌に変化して行く。痩せおとろえ、水分を失い、土色となり、生の最低極限へ急激に落下すると万人はただ一つの容貌になってしまうこと、これは何という哀《かな》しい現象だろうか。

夜中でも、患者発生ときくと私たちはとび起きる。第何号室といわれ、懐中電灯で照しながらたどりついては、患者がどれかちょっとわからない時もある。病人は時々爬《は》い出して、土間や石段のほとりに長く寝そべっていたりする。たてつづけに吐きながら、腰がぬけて立てない。汗と泥で汚れたズボンをぬぎかけたまま力尽きている人もある。かすれた声で水をもとめ、濁った眼で訴えるように私たちを見上げる。弾薬嚢《だんやくのう》や帯剣を枕もとにのせ、担架に載せ、かつぎあげる。そして運んで行く。あとは知らない。生気のない兵士たちは運び去られる仲間を力なく見送っている。そんな時、暗いじめじめした風景の中で、私の肩にした金属製の噴霧器だけが、いやに荘厳にピカピカと銀色に光るのだ。まるで弱くもろい兵士たちの肉身をあざ笑うように。

前線の患者がトラックで大量に輸送されはじめた。意地わるく夜に入ってから到着する。長くつづく塀《へい》の一部を壊した入口から、トラックは苦しげに揺れながら何台も何台も入って来る。その数の多さに、そばに立った楊さんは、オウオウと叫ぶ。患者到着の広場は非常にひろく、夜の靄《もや》が一面にたちこめている。白く乾いた土地の上を流れながら、靄は青白い自動車のライトに照り映え、ぼんやりした重い感じをあたえる。その靄の中であちらでもこちらでも焚火《たきび》がはじまる。焚火は照明にもなり、夜露にぬれた患者を暖める役もする。妙にさまざまな色彩をもつ薄明りの中に叫びあうトラック隊の人々の姿が見え、赤く燃える焚火の周囲には軍医や輸送部の隊長が集まり、いそがしげに事務をはじめる。そんな時、森医官の長身と色白の顔がきわだって、キビキビと活気づいて見える。

トラックからおろされた患者は所せまいまで、地面に寝かされたまま、森医官は外科患者を一人一人ヒョイとのぞきこんでは病名を決定し、カードを着ける。それを衛生兵や私たちは、指定された病棟へ運んで行く。どんな患者か顔を見分けるひまもない、ただ早く早くと足もとに気をとられながら運んで行く。四、五人運んでからだった。私は楊さんが何物かに気をとられ、ソワソワしているのに気づいた。新しい担架に手をかけるのに、いつもの働きがない。闇の中で足がのろくなる。

「どうしたの？」トラックの横へ立つと、私は彼女の顔をながめた。何でもないという風に手を振るのが、かえっておかしかった。次の患者を運ぶ途中、楊さんは片手を挙《あ》げ、通路の入口に置かれた担架を指さした。

「え？」私は歩きながらチラリと眺めたが、どんな患者かわからなかった。

ひき返す時、私は立ちどまってその担架を見た。暗がりでハッキリしないが藍色《あいいろ》の綿衣を着た兵士、それは支那兵であった。

　楊さんはその担架の竹の柄に手をかけて、私の方に顔をむけた。頼むような眼つきだった。私は思わずその担架をかつぎあげようとした。

　すると通りがかりの衛生兵が「そいつは死んでるよ。ほかの奴を運べ」と怒鳴った。私はそう言われて手をゆるめたが、楊さんはもうグイと肩にかついでいた。

　屍室《しつ》にはランプがともっていた。ほかに一つだけ、やはり今日のらしい屍《しかばね》が置かれていた。そのわきに担架をおろすと、私は痛ましい気持、それから軽い不安を感じた。小さいランプなのに、ばかに明るくて、支那兵の腹のあたりの血のしみが、綿衣にひろがっているのが、毒々しく見えた。

　楊さんは身をかがめると、手早く屍の上衣《うわぎ》のポケットをしらべた。ボタンをはずし裏側もさぐった。小さい手帳、身分証、紙片など取り出すと皆自分のポケットにしまった。屍は苦しみのために開かれた口をまげて、なされるままといった形で仰臥《ぎょうが》していた。そのすばやい手さばきの間、楊さんは悲しげな風も、おどろきの風も示さなかった。ただひどく真剣であった。それを見下ろしている私は、やはり屍のように、なされるままといった形で立っていた。そして楊さんが立上ってうながすと、無言で屍室を出た。

　その夜、仕事が終ってから、私はなかなか寝つけなかった。楊さんと、支那兵の屍と。私はさまざまな想いにかられた。楊さんは中華民国人だったんだな、という感慨が湧き上ったまま消えないで、それがあたりまえとも、また容易ならぬこととも思われた。訊問《じんもん》するつもりで、トラック隊が拾って来た敵兵。それが途中で息をひきとり、私たちの眼にとまっただけのこと。血にまみれた何百もの男たちが死んで行く毎日の裡《うち》では、ホンのちょっとしたできごとに過ぎないのに、何故たった一つの屍がそれほど気にかかるのだろうか。もしかしたらこの夜以来、私が楊さんを冷たい目で見るようになりはしないだろうか。そうなったら二人の仲は結局どうなるのだろうか。そんなことまできづかわれた。屍室に入った瞬間感じた痛ましさと不安が一晩中、私を包んでいた。

　このようなあわただしい日々の間に、秋はいつか盧州城を訪れていた。しかも季節の変化は、たった三日、私が熱にうかされているまに起ったように思われる。

　熱のため私の感覚が鋭くなったためか、或はその三日間、雨が降りつづいたためかも知れない。

　私ははじめてマラリヤにかかった。二、三日身体《からだ》がだるく、午後になると足を動かすのもつらいが、ただの疲れと思っていた。寝ればなおると早目に横になり、朝はいくらか気分がよいのに、昼飯がすむと全身がしびれたように重くなる。腹立たしく、悲しく、何度も自分をはげますのに、ポンプを押す力さえ抜けていく。遠い民家の病室にたどりつき、患者たちの寝ている片隅で眼がかすみ、寒気がひどくなる。しまいには眼をつぶってその場にしゃがみ込んだ。楊さんにたすけられて部屋にもどり、毛布にくるまると、一時に全身もえ上るような熱を感じた。

私は熱にうかされながら、一晩中、奇妙な夢を見た。その夢の中で、私は、色彩鮮明な何とも形容しがたいほど美しい模様の中にいるのであった。その絢爛《けんらん》たる光景、その夢の絨毯《じゅうたん》模様の真中に私は寝ていた。寝ているということが夢の中でもよく意識された。私をとりまく模様は、黒地に金、赤、緑の点を散らしたもので、その点の一つ一つが輝く砂のように見え、しかも輝きながら運動していた。夜光虫が波まにきらめく感じだな、と私は考えた。そのうち私は自分が何か発見したらしいと気づいた。何を発見したのかしら。これは大切なことだから、よくよく考え、気をおちつけてまとめあげなければならない。夢の中で私は思いついたように周囲を見まわす。もとより周囲には闇黒《あんこく》の布に燦然《さんぜん》と輝く点の群しかありはしない。私はもう一度眼をひらいてそのペルシャ絨毯の模様を見なおした。徐々に、ゆっくりと、私にはその点の群が細菌にちがいないことが判明した。無数に美しい菌、コレラ菌もまじっている。

私は平安な心で、この大発見を味わった。驚きは起らず、何か自然と安心ができた。そうだ。アラビアの王女になったのかな。それだからこそ、こんな美しい菌模様の絨毯の上に楽々とねそべっていられるのであろう。もう、この上に寝たからには病気は病気、熱は熱、みなそのままでいいのらしい。何て良いきもちでいられることかしら。痛ましいこともなく、おびやかすものもなく、楽園に遊ぶここちで、そのまま私は夢の中の睡《ねむ》りに入った。

夢がさめてもその三日間、私には夢中の楽しい気分が残っていた。美しい平安なものが不思議に強く、淋しくも苦しくもない。そんな夜半、フト眼をさますと枕もとに楊さんと医官が顔をそろえていることがあった。私は心配そうな二人の顔を、むしろあわれむように見やった。そして一人ずつでなく、二人がそうして一緒に私をのぞきこんでいることが可愛らしく想えた。

その時の医官は少年のように気やすかった。あのきびしい医官までが。

三日目の朝、四時頃、私は眼をさました。寝床を下りて裏の炊事場を眺めると、そこではもうカッカッと釜《かま》の火を焚いていた。焔や火花の光で炊事係の顔は赤鬼のように凄い。その炊事場のあたりは水を使うため、いつも黒く地面がぬれているが、今日はそこばかりでなく私どもの部屋の下までぬれていた。

「そうだ、雨が降ったんだっけな」

私は夢うつつに聴いた雨の音を想い出した。雨は校舎の灰色の屋根や白い壁にしみ込むように静かに降っていたのだった。私はこの三日間、院子《にわ》の中のアカシアと芭蕉《ばしょう》の葉が、時々夜の雨を払い落すように音たてるのに聴き入った。

「アカシアの葉が落ちるわ」私はぶらさげたテントを吹いて窓から入る雨の滴《しずく》を顔に感じながら、枕に向ってひとりそうつぶやいていた。

「うんと働かなくちゃ」三日分の働きをとりもどそうと私は狭い部屋を出た。まず病棟を通り抜け、病院の正門まで歩いてみた。雨のあと、埃はすっかりおさまり、広い庭全体が清らかに甦《よみがえ》って見えた。花壇に花は少ないのに、芝生の色は美しく、低いバラの植えこみも今日は艶よく生き生きしている。何より目だつのは百日草の花。この学校の生徒たちが園芸で植えておいたのかもしれない。今までは枯れた、ひょろひょろした茎にみじめな花をつけて立っていた。おまけに石灰粉末のおかげで、一層色がわるく、貧弱だったのに。それが今朝はすっかり見ちがえて、痩《や》せているのさえ秋らしく、少し葉をふるわせて立っている。あんないかつい百日草でも、やさしく見える時があるのかしら、と私は感じた。

私は庭を三方からとりまく建物を見なおした。白い壁に黒い瓦《かわら》屋根を置いた簡単な一階だての建物。生地《きじ》の煉瓦《れんが》壁にチョコンと入った木組の窓、そんないかにも稚拙な支那風建物は、もうまとまり良く秋景色の中にあった。その周囲に植えられたアカシアが朝の風に吹かれ、ハラリハラリと枯れた葉を落とす。それが雨のあとの静かな風で、ひとりでに落ちる軽い葉なので、こんな病院の奥にひそむ秋の動きの微妙さがよくわかった。

「盧州はやはり良かったのだ。いやなのは夏だけだったのだ」

私は正門の前の黒々とした泥土をふんでみた。久しぶりに黒くなった土は親しげに私の靴にねばりついた。

「お早う」どこからもらったのか魚の籠《かご》をさげた楊さんが、いそぎ足に来た。かなりの距離を走ったのか顔が赤く上気していた。

「こんなところで何してるの。早く部屋へ帰って寝てなさい。ほんとに困ったひとね」という風に、楊さんは私の手をひっぱった。私が今どんな心持で泥を踏んでいるのか、アカシアや草花を眺めているのか、楊さんにわかったらな、と私は思った。しかしそれはむずかしい。野性にみちた楊さんの強い感情からすれば、私の好みなどはとりとめもない、うすぼんやりした物想いなのだから。そうだ。私はもう青春の乙女ではなく、こんな場所で、つまらぬ自然とか建物に心をひかされたりして、楊さんたちの持つ女らしい、あたりまえの生き生きした日常がすっかりなくなってしまっているのだから。

門前を五十ぐらいの女が、わずかな薪《たきぎ》をかかえて歩いて行く。纏足《てんそく》した小さな足はのろのろとしか運べない。白髪のまじった頭をうなだれ、疲れをこらえて行く。「チョッチョッ」と楊さんは舌打ちした。何物かを憎む如き、はげしい感情がキラキラ光る眼にあらわれていた。

楊さんはいつも、そんなはげしい感情の表現をする。いつか私と二人、この門に倚《よ》って烏《からす》の大群の通過を見送った時も、何やらひどい罵《ののし》りの言葉を吐いた。「畜生！」彼女が全く本気で、烏の群に激怒するさまを私は好きだった。考えてみれば、これほどの大群が通過するのは、この城の衰滅であり、頽廃《たいはい》なのだから。つまりは住民の悲惨さの象徴なのだから、それは楊さんにとっては堪えがたい怒りの種だったのだろう。

だが私にとっては？　私にとってはやはりそれがほんの風景の一つにすぎない。私はこんな二人の心の在り方のちがい、ほとんど結び合えそうにないへだたりを恐ろしいと思う。

その夕方も私はひとり正門の鉄の扉にもたれ、鳥の群を眺めた。

鳥は美しくもない、可愛らしくもない。しかし夜に入る前、または明けやらぬ空の刻々に変る雲や光をよこぎる鳥の大群に、私は心をひかれる。無遠慮な、異様な黒装束《くろしょうぞく》の鳥類。ともかくおびただしい数。さわがしく啼《な》きながら移動する群のホンの一部のまた一部が目に入るだけ。あとは無数の大集団。

「全体と個との関係」というのかしら。この大集団の移動には、一羽々々の動きと群全体の動きの間に、何か未知の運動の法則でもあるような気がする。

鳥の一羽々々ときたら、それはそれは自分勝手な行動ばかりしている。屋根の藁《わら》をつまむもの、地面に下り立つもの、樹の枝の上で何もしないもの。めいめいそんなことをやりながら群そのものは、やはり少しずつ一定の方向へ移動していく。そしてその移動も、ある群が輪をえがいて動きまわっているとすると、その輪をえがく群を幾つか集めた上位の大群全体は、その輪をえがく群たちを含んだまま、直線的に移動して行く。ところが、こんなにして直線的に移動する上位の大群より更に大なる大群団があって、その大群団はこれらの直線的に移動する大群たちを含んだまま、今度は更に大きな輪をえがいている。そしてまたそれより巨大な……。

だから烏の群がどんな運動形態をとって空中を舞っているか、これはなかなか複雑な数学的問題かもしれない。「盧州城の上空にあらわれたる烏の大群の運動の方程式をつくれ」と私はさも分析でもする風に空に見入っている。直線的に動いているのに、輪をえがく。輪をえがくのに、直線的に行く。私は首が痛くなった。何をまたヘンなことを考え出したのかしら。

「烏は面白いかね」突然、私のうしろで太い声がした。夕焼した赤い空に紫や朱の雲の断片がうかび、その空の静けさのなかで、人気なく立ちならぶ屋根や壁の群が次から次へと黒く翳《かげ》ってゆく頃であった。ふりむくと森医官だった。仕事の時以外はほとんど口を利かない。それがその時の言い方は、あっさりして、感じがよかった。

「烏がそんなに面白いかなあ」

「でも珍しいですわ、こんなに沢山」

医官は門柱の傍の石に腰をおろすと、冬外套のポケットから乾麺麭《かんめんぽう》をとり出し、かじりはじめた。いつものイライラした態度とちがい、その姿があたりの風景とのんびり調和しているように思われた。革の長靴《ちょうか》を穿《は》いた長い足をガッシリ泥の上に置き、大まかそうに、大きな眼でゆっくり空を見上げていた。

「何を食ってるんだか知らないが、たいした数だなあ」

「この烏の群、よく見ていますとね……」

私はさっきまで自分の考えていた哲学じみた思案を話してみた。

「おどろいたなあ。君がそんなことを考えてるなんて、女のひとがそんなこと考えるなんて、そりゃどういうことかなあ。異常じゃないかな、少し」

「そうですかしら」

私は、医官が丈夫そうな顎《あご》をガクリガクリ動かして乾麺麭を齧《かじ》りながら、私を見なおすようにしているのをうれしく思った。

「君はともかく泰然自若《たいぜんじじゃく》としているよ。いつも。全く感心する」

「泰然自若なんて、いやですわ、そんな」

「なにか達観してる風に見えるよ。いいとこあるよ」

二人はそれから打ち解けた気分で、まるで内地にでもいるような話を交した。そして私はその話の間、いつか勤務とか、上官とかいう重しを忘れ、男と語り合う女の自分を感じはじめていた。

「要するに私、風景が好きなんですわ。風景さえ見ていれば良い気持になれるんですから」と最後に私は言った。

「そんなことあるもんかな。信じられないけれどな」と医官は悪戯《いたずら》そうに笑いながら去っていった。それを見送りながら、私はいつにない淋しさと、心のときめきをおぼえた。

暑さが去るとともに、コレラは下火になり、私たちもいくらか身体が楽になった。「コレラに勝ったぞ」という喜びと安心が、みんなの表情にも見えた。そんな軽い気持の午後、私はかねての望みどおり街をゆっくり散歩した。医官と二人づれである。殺風景な中央の街ではなく、城壁に近い草深い裏の路であった。

堅い古い石の敷きつめられた路に、医官の靴音はコツリコツリよくひびく。

「まずい竜だな。見ろよ」

波形の線をうねらせた防火壁には、白や赤で竜が描かれている。申しわけに描いたような滑稽な竜である。その高い壁だけはみな焼け残り、黒々と燃えのこる柱や戸板の上に灰色に立っていた。

「でも私好きよ。こんな竜」

「そうかね。君は何でも好きなんだね」

病院から少し行くと、あまり立派ではないが廟《びょう》が一つある。仏教のか道教のか知らない。門を入ると真中が空地で、その周囲に細長い赤塗りの建物がつづいている。みんな金網をはられ、なかに無細工な泥の像がいくつも並べてあった。

「オイ、地獄があるぞ」

医官の大声で見ると、金網の中に、五彩をほどこした泥製の地獄があった。泥でこしらえてあるため、その山も川も鬼も人間も、みんな丸味をおび、可愛らしいところがある。青い紐《ひも》のような大蛇が人間を巻いているし、うす赤く燃えている山の腹に、ひっついている小さな男女もあった。顔のはっきりしない鬼の手にした三叉《みつまた》の槍は、人間の腰に大きな穴をあけていた。その人間も、そのほかの亡者《もうじゃ》も平常な普通の顔つきをしていた。石臼《いしうす》の中にはバラバラの胴や手足が棒片《ぼうきれ》のように入れてある。どれも投げやりで、血一つ流れていない。

「いい地獄ね」

私はそれを、ひっそりした平和な感じの地獄だと感じた。

「全くだらしがないね。俺なんか毎日、もっとすごい手術してるんだ」

「ほんとにそうね」

地獄の方が病室より凄みがないことを、二人はにがにがしく思い出した。

廟から少し行くと、路の中へ棺が一つ出ていた。大きな古い木棺であった。重い蓋《ふた》が開かれている、棺の中は、昼の日光であからさまに見えた。もちろん中に屍が横たわっていた。

「よく乾燥してるね」

医官はちょっと見て、医者らしく冷静に言った。もう路の片側に家が一軒あるだけ、その一軒も崩れかけていた。家の前は草原で、左手には監獄の高い塀が暗くつづいていた。

「女だわ」屍の髪の毛だけは完全に残っていた。服は少し破れ、ひからびたその顔や手足は茶褐色をしていた。

「木像みたい」

私はそこを歩き出しながらささやくように「死骸《しがい》には乾いたのと湿ったのとありますね」と言った。

「え?」医官はききとれなかったのか振り向いてききかえした。

どうしてそんなつまらぬこと、死骸のことなど話しはじめたのかしら。男と女の間でする話なのに、わざとのように私はそんな不吉な話を選んだのだろうか。もっとも、そんな話、相手が森さんでもなければきいてもくれないし、そうして誰にも話さずにおくのが、そのまま消え去るようで、何かもったいないためだったのか。

別にたいした話ではない。ちょっとした感じであった。私の風景の中には時々屍が横たわっていたし、風景としての屍には、自分流に考えもできていた。乾いたもの、湿ったもの、いろいろの屍の中でも、やはり印象のうすいのと、いつまでも頭に残るのとの別がある。

「まさか死骸が好きなんじゃないだろうね。なんぼなんでも」

「ええ、ただ忘れられないんですの。なんだか今でもハッキリおぼえていて」

乾いた屍は秋の杭州《こうしゅう》で見た。銭塘江《せんとうこう》から少し海岸よりに、炭俵を沢山積みかさねた場所があった。その途中に一つ、コロンと老人の屍があった。荷物列車の線路のほとり、屍などあるべき場所ではない。よく晴れた日、午後四時頃だったかもしれない。切り崩した丘の肌が紫色の石の層を見せ、空の色も澄み、草木の色もあざやかであった。小さな竹藪《たけやぶ》がサヤサヤ乾いた音をたてていた。春はまだ浅いが、もう寒げではない。その山紫水明《さんしすいめい》の地に老人はこと絶えていた。いかにもとってつけた置物のように置かれていた。藍色の服を着た頑丈そうな男だった。いかにもとってつけた置物のように置かれていた。近寄って見ると、あおむいた二つの眼に美しい空の色が映じていそうな気がした。

少しも腐敗のきざしが見えない。全然乾いた屍だった。思いがけないところに天を仰いで、妙に清潔であった。あっけない、簡単な感じだった。まだ新しいその寝ころんだ形のまま、彫られたようで、生きている時となんのかわりもなく、万事よろしという具合に、堅くかたまっていた。

「死ぬなんて、簡単なんだな、と思ったわ、その時」

「そうだよ。たまにはそういかない時もあるけれど」

医官は馬鹿らしいという風も見せず、真面目にきいているらしかった。

私はそれから湿った屍の話をした。それは雨の多い六月のこと、私はある飛行場へ屍を埋めに行ったのである。

その飛行場ははてしなく広く、そして雨があがったばかりで、空はまだ暗く曇っていた。うす白い光の下に格納庫や官舎が点々と見えていた。私はその一部の宿舎の消毒がてら、屍を埋めた。逃げおくれた支那の兵士、屍は二つ接近して寝ていた。雨のために腐敗がひどく、生きている人間にくらべ、よほど大きくふくらんでいた。どこも崩れはじめていた。菅笠《すげがさ》のとれたあとの頭髪が、枯草のように池の水にぬれていた。もう屍全体が水びたしのまま地中へ溶けこんでいく寸前で、あらゆる部分が色も形も変化していた。人の形のたりなさを証明するかのように、屍は二つとも地面にへばりついていた。解けたゲートルも土色、服も土色、もうなかば土そのものだった。そのあたりはどこにも水が溜《たま》り、溜った水は澄み切って、あたりの緑草の水々しさ、ただ泥ばかりは意地悪くねばっていた。

水溜りには大きな瓦や煉瓦がかけて転がっていた。灰色の瓦や煉瓦には、それを焼いた時の年月日、それから官衙《かんが》の名が刻印打ってあった。刻印の文字はクッキリと、模様のように浮き出していた。

「瓦や煉瓦なんて、割に命の永いもんだな、どの位たったら崩れるものかしら」私はつくづくそう思った。屍を埋めた上からかけた泥の重さ。

「死ぬとすっかり溶けるんだな、と思いましたわ」すっかり話し切ってしまうと、私は何故かホッとした。

「よくおぼえているね。そんなこと」

医官は注意ぶかく私を見つめた。

「だが妙だな、そんなことばかり。君が未亡人のせいかな。それとも前からそうなの?」

「前はやっぱり、そんなひまなかったんですけど、こっちへ来てからだんだんそうなって来たんですわ」

「そうだろうな。そうなるのがいいんかもしれない」

もう南門に近い、二階だての家がギッシリ並んでいる。その並びの旅館の前まで来ると医官は「入ってみよう」と言った。

旅館と言っても壁を接して立ち並んだ家々とかわりない。ただ石材が門やその他に、多く使ってあった。そこは驚くほど奥深い。細長い院子《にわ》には綺麗な石が敷きつめられ、ツルツル滑るほど黒い艶が出ていた。その両側が二階になった部屋々々、通路の上まで差し出した部屋もあった。その下をくぐり抜けるとまた明るい院子《にわ》に出た。芭蕉《ばしょう》や名も知れぬひょろ長い樹の植えこみ、またところどころ形の面白い甕《かめ》をすえた隅もあった。朱色の模様の白い磁器、中には秋らしく水が澄み、枯れ葉が底に沈んでいた。

その建物の一番奥の二階へ医官はのこのこ上って行く。私はだまってついて行く。登るとパッと明るい小さな部屋だった。緑色の質素なテーブルと椅子、それから緑色の壁、緑色のカーテン。

「どうぞ」医官は自分も腰かけ、私に椅子をすすめた。私は不自然に微笑したまま立っていた。

「新婚夫婦でも泊る部屋だね」

医官が片手でカーテンをよせると、大型のベッドが置かれていた。医官は立ち上り、壁にかけた鏡に面して立った。

「凄い顔だな」

私は鏡に姿をうつす医官の肩のたくましさを後から眺めた。

「無理もないや。毎日々々人の腹を剖《さ》いたり、手足を切ったりしてるんだから。君もうつして見ない？」

「何だかイヤですわね」

医官の姿が消えたあとへ、いれかわりに私の姿が写った。祝賀の文字や、華やかな赤い模様のある鏡だった。冷たいその面に、いやになるほど私の姿がハッキリ映し出されていた。よごれた紺色の服に、すすけた髪、疲れた顔色。

「ほんとに凄い顔だわ」

「君はいいよ。綺麗だよ」

「ひどい方」

私は自分が、夫とたわむれ合う時のような少しはしゃいだ調子になるのをおそれた。もしも夫だったら、こんな部屋の中で、自分はすぐその胸にもたれかかりはしなかったろうか。

医官は椅子を足場にして窓へ上り、それから屋根の上へ出た。

「城壁が見えるよ」

旅館だけに他の屋根よりは高い。他の家々の瓦の波や防火壁の線の打ちつづく全景がそこからはよく見渡せる。城壁は秋草の茂る堤に隠れるようにしてつづき、大きな空がその上に高く晴れていた。一緒に屋根の上で秋の陽ざしに当っていると、私は次第に風景を忘れて、男の身体が感ぜられてならなかった。

医官がグイと立つと窓の側におかれた洋酒の空びんを手にとり、高く投げあげた。殺気というのか、兇暴な力がほとばしった。隣家の屋根にはねかえり、びんはカランコロンとよい音をたててその傾斜をころがり、たちまち通りの方へ落下した。

「アイヨー」下の通りで突然女のかん高い叫びがきこえ、バタバタと石畳をかける音がした。藍衣《らんい》の女が黒髪をフワリとゆらして、こちらをふりむく。楊さんであった。

罵りながら上むいた楊さんは、屋上の二人を認めると、パッと頰を赤らめた。そして私も血の気が一時に顔にのぼった。屋根下の陰から、やはり藍衣の青年の姿があらわれ、チラリとこちらを見ると、足ばやに歩いて行った。楊さんもその青年のあとを追った。

「むこうも二人でよかったわ」と私は思った。

それから四、五日して、私たちは店埠《てんぷ》街道へ派遣された。「私たち」。私は医官と楊さんと私自身、この三人をこう呼びたい。三人はもはやあたりまえの仲間ではない。もっと親しい人間どうしだ。少なくとも私だけは、そんな気持だ。行きずりに交わす黙礼のようなつきあい、そんな淡い接触で、自分の気に入ったものだけを相手からうけとり、美しい追憶だけを残しておく。いままではそんなつもりで、私は戦地の人々を眺めてきたのに。あの日の屋上と路上のめぐりあい以来、もう私たちはもっと深いところで結ばれたのではあるまいか。

盧州から巣県《そうけん》まで、工兵隊は自動車路の工事に従っていた。伝染病の検便、それから遊撃隊の射撃で負傷したものの治療のため、私たちは十里ばかりをトラックで走った。町らしいものは見かけず、なだらかな丘と広大な畠地ばかり。乾いた風がかすかに匂い、そしてはるか遠くからゆっくり吹いていた。その風の持っているひろびろとした、こだわりのない感じが、三人の心をはればれとさせた。ことに楊さんの挙動ははげしく活潑《かっぱつ》になり、そのため医官と私まで、野人的な表情にたちかえれたのであるまいか。

工事場は小山の間であった。少しけわしい砂山、それが幾つも路の両側につづいていた。三人はその砂山に登り、下の路で立働く人々の姿を眺めた。頂上はいくらか風がはげしく、楊さんや私の髪をなびかせた。その頂上に立っているうち、みるみる空の色は変化し、さまざまの雲が走り寄って来た。雲を走らせる風は私たちの足下の砂をサッと吹きあげた。黒雲は乱れ動き、その間から眼に痛いような白い光がのぞき出し、それが淡い電光のようにも思われた。そして細い霧雨が、砂山の上の私たちに襲いかかり、すぐさま道路の人々の上にも降りそそいだ。

「夕立々々。かけ出せ」

医官は私の手をひいてかけ出した。砂が靴の下で気持よく崩れる。楊さんは途中で叫ぶとドデンところがる、それを医官はまたかけもどって引き起す。そんなにして三人は中腹の大岩のかげに身をひそめた。淡青色の岩は、さっきまでの陽の光りであたたまっている。その岩肌にピタリと抱きついて、楊さんはぬれた藍衣を押しつけた。

「あったかいわね」私もそれにならった。

楊さんは手をのばして、医官の腰にさげた飯盒《はんごう》の蓋を取った。

「何するんだ。ア、水があるな」

岩と岩の間にもう雨水の流れがたまっていた。横なぐりに吹きつける雨にあらわれ、岩は紫や灰色のあざやかな石質をかがやかし、砂を抜けた水が清くその下に澄んでいる。その水をグイグイ楊さんは飲んだ。唇が赤く濡れ、白い首すじにも水玉が光った。

私の肩を医官の指先がつつき、松の多い裏山の方を指さした。残りの雨が少しく暗く見せている裏山は、深い谷の向うに赤土の崖《がけ》をむき出している。その崖の路を農民の群が移動していた。虫のように小さく、音もなく動いて行く。

「俺たちが来たんで逃げるんだ」

医官のその言葉がわかるのか、わからぬのか、楊さんも飯盒の蓋をぶらさげたまま、その方角を見つめていた。

その夕方、私は思わぬ御馳走《ごちそう》にありついた。

❖あらすじ

父の急死により家督を相続、交代寄合蒔坂《まいさか》家の御供頭《おともがしら》として江戸への参勤を差配することになった小野《おの》寺《でら》一路《いちろ》、十九歳。二百年以上前の「行軍録」を唯一の手がかりに、古式に則った行列を仕立て、いざ江戸見参《げざん》の道中へ。役目を果たせなければ家禄召し上げという身で、一所懸命におのれの本分を全うしようとする一路の前途に、中山道の難所が立ち塞がる。さらに行く手に待ち受けるのは……。

読みどころ満載

- 十数日の道中に命懸けで挑む若者の成長。
- 真冬の寒さと雪に阻まれる中山道の険路。
- 行列の背後に蠢く御家乗っ取りの陰謀。
- 一路に託された「行軍録」の謎。
- うつけか名君か？ 蒔坂左京大夫という御殿様。
- 道中で行き会う殿様たち、そして姫君。
- 「一路」の名に託した、亡き祖父の深慮。

中央公論新社
URL http://www.chuko.co.jp/
〒104-8320 東京都中央区京橋 2-8-7
☎ 03-3563-1431(販売)
◎本紙の内容は予告なく変更になる場合があります。

古い石碑、屋根のとれた泥の家、青黒く流れる川、傾いた石橋、そんな見棄てられた村景色を見てから、丘の上のテントの方へもどってくると、破れズボンの少年がかけて来て紙片を一枚さし出した。手帳のきれはしに、鉛筆で走り書き。

「水野さん。この子供についておいで下さい。うまいものがあります。森」

ちょっと姿が見えないと思ったら、何か面白いこと考えたんだわ、と私はその痩せた跣足《はだし》の少年の後に従った。少年はくずれた泥壁をとびこえたりしながら、やがて河沿いに残った小さな小屋へ案内した。医官は暗い土間の小さな椅子に腰をおろしていた。そして楊さんが隅のかまどで火を焚《た》いていた。

「水野さん。ごらんよ、この魚」

医官は卓の上にのせた、真黒な、きたならしい、皿ほどの大きさの鉄鍋を指さした。

「銀色だよ。桃色で銀色だよ」

なるほどその鍋には鱗《うろこ》の白く光る小魚が沢山煮てあった。池でよくとれる、のろりとした感じの魚とちがい、繊細な形の珍しい魚であった。その魚で、医官は鉛の徳利からゴボゴボついでは、老酒《ラオチュウ》を飲む、それがいかにも満足げであった。楊さんも来てお酒を飲んだ。子供の頃から飲みつけているとかで、水のように造作なく飲んでは私をおどろかせた。

「楊さんてえらいわね」

「えらいよ。君もえらいよ」

「森さんは?」

「僕もえらいよ。みんな何だか知らないがえらいよ」

ギシギシきしむ板の小さな椅子、しめった床の泥の匂い、陰気な暗い部屋なのに、私はたまらなく楽しくなった。少し飲んだ老酒のせいかもしれない。

「あのね、へんじゃなくて。こうして御馳走食べてるの、三人で。こんなところでさ。誰も知らないのよ。私たちがこんなことしてるの、不思議ね」

「そうだね、へんなことだね。あんたと僕と楊さんとな。知りもしなかったのにな」

私は何か、どうなってもかまやしない、という底抜けの安心が湧いてくるのを感じた。

「楊さんていいな」

「いいわね」

私たちの気分は楊さんにも通じ、三人は愉快に食事をすませた。そしてその家を出ると自分たちの寝床のある丘へ帰った。私たち三人のため工兵隊は蚊帳《かや》を貸してくれた。丘の草地に毛布を敷き、その上に蚊帳をテントのように張った。蚊帳は夜風にゆらゆれ、緑色の皺《しわ》が波のように動き、その波の間から青い空の星が自由に眺められた。あんなにしみじみと寝ながら星を見つめたことは、生れてはじめてであった。星と私とはつながってしまい、星の砂のばらまかれた蒼天《そうてん》へ、どこまでものぼって行きそうな心もち。うすい月光で砂地の斜面が美しく煙り、砂地に生えたいじけた草までが夢の花のように青く見えた。

なだらかな丘には窪地《くぼち》があり、そこに溜った生温《なまぬる》い水で誰か水浴するらしい音がポシャポシャきこえた。どこか遠くの部落で遊撃隊の打ちあげる信号用の発火弾が、青くまた赤く光った。ポカリとうかび、しばらく宙にとどまり、消えるとまた別の火が、天の灯火のようにあがるのであった。

「ああ、いいわね。もうどうなってもかまやしない」

「え？　何がどうなってもさ」

楊さんはいつかうつぶせに眠り、ゆたかな髪が医官の肩のそばまで乱れのび、白い肉づきのよい片腕がだらりともたれかかるのを、医官はジッと見ていた。

私たち戦地にいるものは、別れというものにそれほど心を動かされることはない。別れはいつものこと。いそがしく、おぼえ切れぬほどしばしばおとずれる。土地に別れ、人に別れ、風景に別れ、想い出にさえ別れてしまう。それ故、愛着は いつも瞬間的で、愛着する前からすでに忘れ去る用意をととのえている形なのだ。私が盧州をはなれる日は近いであろう。しかしそれをことさら淋しいとは思わない。医官や楊さんに別れることすらも。しかし別れは人を緊張させる。そして別れが近づくにつれすべての印象は急に鮮明に、そして意義深いものの如き様子をする。これだけは防ぎようもないことである。

二人が第三分院の方へ足を向けたとき、医官は私に、病院の一部が近く移動するらしい旨を話した。

第三分院は街はずれ、城壁に近い丘の上にあった。そしてどの分院よりも私のお気に入りの場所であった。役所のあとらしく、額をかかげた支那風の高い門が立っている。門を入ると両側が茶の木の植込みで、その植込みの中に、昼顔であろう、青い小さな花が咲きつづいていた。その外側に棕櫚《しゅろ》や西洋風の松杉などが青々と立ちならび、公園にでも入った感じをあたえた。昼顔の咲きつづくだらだら坂を登りつめると、別の門があり、その奥が病室。病舎を通り抜けると丘の見晴しに出る。丘は城壁に向ってなだらかに下り、その斜面には秋草が一面に生え茂っていた。黄色い草は秋の陽《ひ》で白く光る。荒々しい雑草の青い葉や茎の間に、白い穂が風に騒ぐ、その騒がしい揺れ方が、いかめしい城壁に面しているだけにきわだっていた。二、三匹の馬が、蹄《ひづめ》の音も高く楽しげにその斜面をかけ下りて行くのも見えた。その岡から見渡すと、ただ一軒だけ草原の中に民家があった。なかば崩れ、家の形は変りはて、ほとんど草に隠れている。城壁と丘の中間にひどく小さく取残されたその廃屋が、草原の荒涼たる趣を一段と増していた。

その日、森医官は打ち沈んだ様子で、草原を通り抜け城壁の上に登る足どりも重たげであった。登ってみると厚みのある城壁で、荷車一台楽に通れそうな幅があった。ただ凸凹がはげしく、とんでもない所に深い穴があいていたりした。城壁の上にもやはり丈高い薄《すすき》が風にゆれ、色濃い薊《あざみ》の花がまだ残っていた。二人は冷たい煉瓦の壁に腰をおろした。

「この間僕たちの行った所ね、あのへんぶっそうな場所なんだってね。馮玉祥《ひょうぎょくしょう》の故郷かなんかで、抗日が一番ひどいとこらしいや」

城壁はかなり高く、城外にうねりつづく広大な畠や丘が一望におさめられる。楽しい想い出を残した工兵隊の工事場は、その赤土のうねりの果てにあるらしかった。

「あんないい所なのにね」

「楊さんもね、ほんとはあのへんが故郷なんだってさ」

「そうですの？　ちっとも知らなかった」

私には、医官が何か考えあぐみ、フト言葉が沈むのがわかった。あまりに広々とうち開かれた大地を前にしていると、人の心の動きに気づかなくなるものなのだけれど。城壁のま下は堀で、その堀の水に白い雲の動くのがうつっていた。水を飲みに来た水牛の姿もハッキリ映じていた。堀の向うは地肌のあらわな赤土の原で、単純そのものの赤土の起伏がいかにも大まかであった。馬をつないだのであろう、杭《くい》が五、六本打ってあるほか、人工をほどこしたものは道路ばかりであった。その赤土ばかりの荒涼さに平凡な真実味がこもり、眺めていると何か身うちに新しい力が生れるような気がした。いかにも安徽省《あんきしょう》の古い城外らしい飾り気のなさ。

「水野さん、君、楊さんのことどう思う？」

「どう思うって？」

私がふりかえると、医官は堅くした表情で、くわえた煙草をはなした。

「楊さんね。もしかしたら密偵じゃないかと思う」

医官のその言葉が風の具合で耳もとに叩きつけられたようにきこえた。

「どうしてそんなこと」私は自分が今高い場所に坐り大きな風に吹かれているのを急に感じて、襟《えり》もとをおさえた。

「どうしてって。君だって、気づいているんじゃない？」医官は眉根《まゆね》を強くひきしめ、ひどくこわい顔つきであった。

「だってそんなこと証拠でもなけりゃ」

「そりゃそうなんだ。僕だって、いろいろなことでどうもそう思われるだけなんだけどね」

「困ったわね。もしそうだったら」

「そうだよ。もしそうだったら君どうする？」

「どうしようもないわね。仕方ないと思うの」

「仕方ないか。だけどそれですましていられる？」

「だって、本当にそうじゃなくって？」

私は悲しい。絶体絶命の気持だった。密偵！　そうしたことはありがちなことであった。楊さんが密偵であったとしても、それが何処に不思議があるであろうか。それは自然な、ある一つの行為ではないか。誰が楊さんをとどめることができるだろうか。私たちが楊さんを好きだとしても、それが楊さんにとって何であろうか。私たちが友だちだとしても、それは偶然の、すぐ忘れてもよい、責任のない知り合いにすぎないのだもの。私たちが一体何をどうしてあげられる者だというのか。そのかわりまた私たちは今すぐ楊さんを憎めといわれて、憎み始められるわけでもないし。私たちが私たちだけだということははじめからわかり切っていたことなのではないか。

「ほかの者ならいいんだ。楊さんだからな。君は平気か知らないが、僕は苦しくてたまらんよ」

「平気じゃありませんわ。だって、だけど仕方がないのよ、それは」

「イヤ、君は平気だね。君は達観してるからさ。しかし僕はそうはいかんよ」

医官はイライラした強い口調になった。

「ねえ、生きた人間のことなんだよ。鴉《からす》や死骸を見てるのとはちがう。自分勝手に風景を見てるのとはちがうんだよ」

医官は立ち上り、乱暴に外套の埃をたたいた。

「僕たちが楊さんを殺すようなことになったら」医官の長靴は小石をザクリと踏みにじった。「それでも仕方がないですましていられるかな」

馬のいななきが高くひびいた。草むらに首と背だけあらわして、二匹の馬が丘をかけあがって行く、痛々しいような熱心なかけ方が、その場合、私の涙をさそいそうであった。

私だって医官が苦しむのを察しないわけではないのに、自分一人が苦しむ風をして、と私はつづいて立上りながらも、ちょっと気まずい、暗い心もちであった。陽はかげり、広漠たる土の色はたちまち黒みがかった。かたくなな肩つきで医官は険しい降り口を一気に下った。私はよろめきながら後にしたがった。そのまま無言で二人は病舎のある丘の路をたどった。途中、私は何度も次の言葉を口にしようとして、また思いとどまった。「あなたは楊さんをお好きなのね」それをきいてしまえば、なおのこと一人ぼっちの、救いようのない苦しみにおちこんでしまうにきまっているのだから。

自分勝手に風景を見ているのとはちがうんだよ……。そんなことといくら私だって。私は平気ではない。達観なんぞどうして出来るであろうか。自分勝手にと言って、それはひとりで、ひとりっきりでという意味ではないか。何を好きこのんで女の私がひとり風景を眺めているわけでもないのに。私だって三人でお酒を飲んだ時の、あの暖かい家の中にいたわられて静かにしているような楽しさをどれほど愛していることか。そしてそれを破られることがどれほどつらいか。しかしそれは表だってさわいでどうなることでもない、だから仕方がないという、それも自分勝手だろうか。どうせ私は風景好きの女にすぎないとしても、それでも人間に対する愛着のなくなった石や木とはちがっているつもりなのに。私がただ屍や鴉を、ただそれだけを相手にする女、そんな女と自分できめてしまうのは、まだまだ私にはできないことなのに。

翌日の朝、私は楊さんと二人、淮河《わいが》に面した城門の外へ行った。楊さんの何にかかわりのない表情を見ていると、私はともすれば彼女を観察しようと心がける私がみじめに思われてならなかった。城門外は当時廬州で一番にぎやかな場所で、附近の村から朝市に来る農民の群で活気づいている。少し先に停車場もあり、かなりはなれて飛行場もあった。夏期の増水の残りか、豊かな水をたたえた淮河には支那船がたえず往来していた。船はどれも赤黒く塗られ、その上に色の黒い女子供が無神経にうずくまっていた。食糧買い出しのトラックから下りて、二人は農民の群の間を歩いた。畠でとれた作物を籠に入れ、或は天秤《てんびん》でかついで、市へ集まってくる、その一人々々がみな土の気を発散させ、裸の足や腕がたくましく見えた。塩と交換するためもちよった品物。甘藷《かんしょ》、藤豆《ふじまめ》、白菜、もやし、大根、南京豆、鶏や家鴨《あひる》、その卵、川魚、なかには豚の子もあった。白髪の老人、髪に赤い布を結んだ女の子、丈《たけ》高い青年、みんな口々に叫びながら順番を待っていた。その喧騒《けんそう》の中で楊さんは見事な柿《かき》を買った。ひときわ高い声で相手をどなりつけ、どなりかえした相手もいつか笑顔になり、値段をまけて柿をさし出す、そのとりひきがいかにも自由で元気があった。柿をかじる楊さんに声をかける男もあり、親しげによって来る女の子もあり、その農民の群の中へ楊さんがすぐ融けこんで行くのが感ぜられた。融け込んで行くというよりむしろ、その農民の漂わす充実した生活力の代表、または象徴として歩いている楊さんが感ぜられた。

「楊さんのうしろには、こんなに沢山の人がついているのだ。もっと沢山、かぞえきれぬほどの人が」

楊さんはやさしく私の肩を抱くようにして人混みを歩いた。私には抱かれた部分の暖かさが有難く、その部分だけがわずかに農民たちの生きた身体につながれる気がした。そのほかの私、私全体は冷たく、よそよそしくはなれているのだ。

舟が通過するたびに淮河クリークにかかった開閉橋では、けたたましく鐘が鳴る。そして橋がつりあげられた。その橋を渡って私たちは屠場《とじょう》へ行った。

民家を改造した豚の屠場であった。バラックが新しく建て増してあり、遠くからでも豚の声がきこえた。私たちの前を痩せた農夫が一人、細い竹で妙な調子をとり、五頭の豚を追って行く。のんびりと細い竹をふりヒューヒュー声をかけながら歩いている男をズンズン追い越して、豚を押しのけながら、楊さんは先に立った。

場内へ入ると、中はすさまじい豚の悲鳴であった。悲しげではなく、怒り呪《のろ》うような、猛々《たけだけ》しい声である。耳を聾《ろう》するばかり、陰気に濡れた屠場の中でこもりひびくその声は、はじめてきくとおそろしい。一匹ずつ殺されるだけだが、手足をしばられる時ほかの豚もなき叫ぶ。台の上では大きな黒豚が四人がかりでおさえられていた。みんな前掛をかけた中国人で、中の一人だけが庖丁《ほうちょう》をあつかっている。豚の咽喉をグイと切り開いて血を出すと、ほかの係りがすぐそれを湯気の立つ桶の中へ入れる。鉄の棒を持った男がいて、豚の皮と肉の間にそれをつっ込んで物凄い勢いでそれをグルリグルリと廻す。皮と肉をはなすためであろうか。それから湯の中で毛をむしられる。また台の上へもどす。庖丁を持った男が綺麗に四つ割りにする。五分ばかり前にあのすさまじい悲鳴をあげていた醜怪な黒豚とは思えない、美しい白い肉である。その間にもう奥の棚の中から四人がかりで次の豚を引き出してくる。そしてそれがまた悲鳴をあげるかとみるまに、庖丁の男に息の根をとめられてしまう。仕事はきわめて機械的に行われる。そして働く男たちがみんな敏捷《びんしょう》そのもので、異様な精気と力にみちていた。中でも庖丁を持った男の冷静な凄みのある風格が私の注意を惹《ひ》いた。

「どこかで見たことのある顔だ」と私は考えた。

眼の鋭い、頬骨の出た若者で、仕事に熱中している態度が鬼気人に迫るものがあった。庖丁を動かす手さばきのあざやかさは、膂力《りょりょく》すぐれていることを示していた。彼は豚の肉を睨みつけていた眼をギョロリと上げた。そして私のそばに立つ楊さんの顔を見ると、腕をやすめた。緊張し切った色白の頬がやさしくゆるみ、三角眼が急に柔和になった。楊さんが指で合図すると、男は背の高い身体をうごかしてこちらへ来た。笑いながら楊さんに話しかける形から、私は彼が、いつか私が屋上から見た藍衣の若者だな、とわかった。

楊さんの前にいると、さっきまで不機嫌そうにしていた頑固な顔がまるで別人のように若々しく見えた。楊さんが早口で高びしゃに喋《しゃべ》る、それを彼はおとなしくきいていた。

「昔、支那の豪傑は肉屋から出たのが多かったというけれども、こんな男を豪傑というのかしら」私はひとり立ったまま、彼の姿を見つめた。こんな豪傑をあんなにたやすくあしらうなんて、楊さんの威力はおそろしいものだ。この男はきっと楊さんを愛しているのだ。こんな物すごい男があんなにやさしげにしているもの。

最後に楊さんは罵るというのか叱るというのか一声はげしく叫ぶと、男はまじめにうなずいて、もとの殺気のある表情にかわり、豚の肉体の横たえられた台へもどった。

少し興奮したらしい面持の楊さんにつづいて私は外へ出た。畠では若い農夫が一人、水牛に犂《すき》を曳《ひ》かせていた。犂はゆっくり畠の土を返しながら少し行ってはまた方向を変えていた。農夫は形の良い足をした若者であったが、仕事は気軽で、あまり力が入っていなかった。あの凄みのある庖丁の男を眺めたあとでは、弱々しく、つまらぬ姿に思われた。楊さんは考え深げに、下を向いて歩いていた。

風になびく柳や崩れた土の壁の上に、鈍い色の空がひろがり、その空の色がいかにも単調で物憂げであった。もう秋になってしまったんだな、もうこれからは冬を待つばかりなんだ。私は淋しい畠地や城壁の下に茂る秋草を眺めやりながら、城外の秋を惜しむ気持と、それにつづいて「恋」のことがしきりと想われた。楊さんたち二人の先程の会話などがそれを想わせたのだろうか。私は自分が楊さんにくらべて、何とたよりない、人情みをはなれた立場に立たされ、もはや恋も何もない暗《やみ》の路を歩いていることがしみじみと感ぜられた。こんな秋景色の中を夫と二人で歩いたのだったら、私だって帽子の色どり、靴の恰好など、女らしく語りあえたであろうに。ただ愛されているというだけで、もう風景はもっと親しみのある、生きているものとして感じられたであろうに。父や弟や、男の友人や、日常の暮しの中で心の通じあえるあたり前の男のひと、そのひとびとでさえももはや私の側にはいない。まして恋という大切なものがどこに見出せるだろうか。

その夜、私は医官に、楊さんと二人の散歩の模様など語った。医官は苦しげな緊張した表情できいていた。私にはしかし何故《なぜ》かその緊張にすぐうまを合せられる心の張りがなくなっていた。そして冗談のようにして、楊さんの恋人の豪傑らしい風格なぞ語った。

「昔、豪傑は肉屋から出たのが多いって本当ね。あれを見ていて、豪傑ってあんなものだと思ったわ」そんな風に話す私を医官はにがにがしげに見守った。

「豪傑はいいけど、それも密偵かもしれんよ。まごまごしてれば我々が豪傑にやられることになるんだからな」医官はいらいらとおちつかなかった。「ともかくね、あした豆葉池《とうようち》へ三人で行こう。そしてその時直接、楊さんにハッキリきいただそう。このままではすませないよ。ね、君はのんきな顔してるけど」

医官はいろいろと真剣に意見をのべたけれども、私は昼間の淋しい気分の中に沈んだまま、物憂くとまどっていて、何も考えきわめる心にはなれなかった。その淋しさはたとえどんな事件が起きたとしても、もう消しがたい重さを以て私の上へのしかかっていたのであるから。楊さんにハッキリききただす、と医官は言う。それはおそろしい、また無意味なしわざになるかもしれないのだ。そうにきまっている、と言い切れないのは、医官には医官のつきつめた想いがあろうと察する私の日本人びいきをよりどころにしているにすぎない。楊さんと私とは言葉が通じない。通じないのは不便ではあっても、今となってみれば、そのために笑いや仕草、表情や態度だけで互いの心を読みとり、そのひとの深さや重みをまちがいなく感じられていたのに。動物や植物のように、それより親しみのあるかわりにはまた心をかきみだされることもある風景の一つとして、心やすく眺めてもいられたのに。もし明日、楊さんの口からはげしい言葉がむずかしい問題を投げ出してしまえば、今まで廬州城を逍遥《しょうよう》して貯えていた風景などは消え失せ、恋を想い出させてくれたその人は、何処か殺気の風に乾きはてた場所へ私を放り出してしまうにちがいない。

そこはまばらな林にかこまれた、水の多い庭園であった。池は淮河の水をゆるやかに引き、城壁の下にしつらえた水門を過《よ》ぎり、調節するらしく見えた。池には細い路が通り、池の入口には枯れ葦《あし》が生え、池の面には枯葉が一面に浮いていた。林から舞い落ちた枯葉と、池に枯れ伏した蓮《はす》の葉のため、路か水かわからなくなっている部分もあった。そんなところへ、病院からついて来た小犬は二度も落ちこんだ。私と楊さんはあわてて首すじをつかんでは水から出してやるのに、医官はふり向きもせず、奥へ奥へとすすむ。庭園は奥まるにつれ明るさを増す。それは陰気な林がなくなり、庭石や芝生がふえて来るからである。池も、石でたたまれた形がクッキリと美しくなり、枯葉も浮んではいない。そして、庭石や庭樹の人工的な配置が眺めれば眺めるほどもの珍しい。

この庭園には奇巌《きがん》怪石は少しも使用されていない。広い水面と、芝生に植えられた樹々と、僅かな石、それから灰色の簡単な建物で出来上っていて、近代的な明朗さがあった。そのくせ石も樹も、山水画で見る古い趣をどこかに蔵していて、それが池の岸を明確にしている石材の線と不思議に良く調和していた。建物は書斎と食堂と亭《ちん》であった。亭は楼になっている。医官と私は、芝生で小犬とふざけ廻る楊さんを残して、木の段を四、五段登り、亭の上に出た。段も亭の板の間もギシギシきしみ鳴り、板の椅子に坐ると、二人は顔を見合わせた。私は医官に口をきかれるのが不安なので、また立ち上り、水面を見下ろした。池はまだ建物の裏の方まで変化のある屈曲を蔵していた。そして池の屈曲が、どれも、石の岸と芝生と樹々を、それぞれ独特な工夫をこらして持っていた。そのために亭が楼になっていたのだった。

私が亭をおりると、医官もすぐつづき、二人は肩をすりあわせるようにして書斎に入った。そこには美しい木版本が沢山積みかさねられ、開かれ、床に散乱してるのもあった。石器、銅器、鉄器、磚《かわら》など綺麗に整理された棚もあった。その中央の黝《くろず》んだ絨毯の上に立つと医官はすぐ「水野さん」と呼んだ。

「もう心配しなくてもいいよ」医官はやさしみのこもった、おちついた声で言った。

「僕たちは今晩出発する。分遣隊に加わるように昨晩たのんでおいた。君も一緒だ。これはね、楊さんには秘密だよ。だまっていなくちゃいけない」

「楊さんは？」

「お別れだよ。だまってお別れするんだ。そうするより仕方がないもの」

医官は「わかったね」と言い置くと書斎を出て行った。

私はあわて、たちすくんだままであった。おちつかなくては。私は壺《つぼ》など手にとり、また下へ置いた。最後に白塗赤模様の大型の壺を一つかかえ、それに木版本の屑を入れると外へ出た。亭に登り、ポケットからマッチを出し、紙屑《かみくず》に火をつけた。木版の鮮明な文字がみるみるゆがみ、灰になり、壺の底にたまった。黄色をおびた唐紙《とうし》が燃え上る時、黄色い花のように開き、しぼむ、それを眺めながら、私はグタリと板の椅子に腰をおろした。

お別れが来たのだ。しかもそれが一番必要な時にそれは来たのだ。医官はいつの間にか、楊さんと二人で池に小舟を浮べていた。自分だけは乗せてもらえない小犬が舟に向ってむやみに吠《ほ》えている。それを面白がって笑う医官の声が池の面に高くひびいた。私はその医官の笑い声を今何と聞いたらよいのであろうか。はりつめた気がゆるみ、安心と淋しさとがあたりの静けさとともに、ひしひしと私の胸をしめつけた。

別れるよりほかに、この問題を解決する路がないのを医官は悟《さと》り、それをえらんだ。そのかしこさをおどろくよりは、そのかなしみを察しなければならないのかもしれない。しかし今はもうそんな気持すら起らない。別れれば、あとは空白が残るばかり。立去ればそれで、すべては知りがたい。その知りがたい空白だけが私たちの救いだったこと。その空白は永久に盧州の姿を今日まででたち切り、風景はこのまま流れなくなり、人物はもはや動かなくなり、私はまたひとり新しい環境へ移り、そこの人物となること。私は人生の持っているさまざまの空白の意味まで、この池に臨む亭の上でいちどきに悟ってしまったような、追いつめられて却《かえ》って安定した自分をジッと持ちつづけていた。

岸をはなれた小舟は遠くなるにつれ、もう舟とは見えぬほどで、二人は水に浮んだように向いあったまま小さくなって行く。小舟をあやつるというよりは、水に身をまかせたその様子を眺めるにつけ、私はフト清朝《しんちょう》頃の大宮人《おおみやびと》たちが庭園の中に遊び暮したという在りし日のことどもを想像していた。貴公子と令嬢たちが、春の花、秋の月をめでて、価《あたい》千金の一刻を楽しみ惜しんだのは、やはりこんな場所ではなかったろうか。私は昔の人ではなく、令嬢でもない。ここには貴公子もいない。またそれほど万事を忘れて楽しみにふけれる私でもない。ただゆきずりの風景に気まぐれに心惹かれているだけのこと。うるおいもないよそ者ではあるが、それでも水に浮んだ医官と楊さんの姿を、このときばかり上品にあざやかなものと眺めることは許されぬであろうか。私は次第に一つの感情に沈み始めた。庭園に遊ぶ静かな楽しみ。それが私に適しているだろうか。私の求めていたものは、このような庭園の風景なのだろうか。いやいやそうではあるまい。一歩外へ出れば、すぐに庭園など忘れがちの私ではないか。もっとちがった荒々しい自然など喜ぶ私ではないか。その私にどうして、清朝庭園につどいたわむれた紅楼の貴公子やお嬢さんと同じ、恵まれた心が持てようか。なんでもかまわず眺め喜ぶ旅の女。その女の風景は次から次へと、いそがしげに変って行くのだもの。いそがしい風景の裡には、コレラのポスターやアカシアの樹、城壁や秋草、屍や鴉、魚や柿、そうして豪傑までがでて来るのだもの。なんという見ぐるしい雑然さだろうか。雑然と入り乱れているくせに、それが私の心にしみじみと映じて去らないのだから。この乱れたままザワザワと不思議な音をたてる風景を旅の女がどうすればいいのかしら。廬州！　と一口に言い棄てようとしても、幻想はさまざまで、ちっとも純粋な一つのものにまとまりはしない。いつまでたっても私には、こんな頼りない風景しか現われて来ないのだろうか。そして最後には空白がきて、かたをつけてくれるのだろうか。飄々《ひょうひょう》として捉《とら》えどころもありはしない。散りぢりばらばらに秋の風に吹かれ、

（※）

「どうした？　元気を出そうよ」医官はツカツカと亭へ登って来て私の肩を叩いた。
「あんまりボンヤリしてると楊さんに気づかれる」肩を叩かれてはっとする私のそばに坐ると、医官は外套のポケットから薄い本を一冊取り出した。書斎で拾った石印本《せきいんぼん》の唐詩選であった。いいかげんにパラパラと頁《ページ》をめくってから「これはどうかね」と中の一首を読みあげた。

馬いなないて白日暮る
剣鳴って秋気来る
わが心は渺《びょう》としてきわまりなし
河上にありてむなしく徘徊《はいかい》す

「君もどれか一つ読んでごらん」医官に差し出された本を手にすると、私は目をつぶって頁をあけ、おずおずと読みはじめた。

この日遨遊《ごうゆう》して美女をむかえ
この時歌舞して娼家に入る
娼家の美女は鬱金香《うっこんこう》
飛び去り飛び来る公子のかたわら
的的たる朱簾《しゅれん》は白日に映じ
娥娥《がが》たる玉顔は紅粉を粧《よそお》う——

急に私は詩集を卓の上に置いて池の方を見た。医官もそれにつられて池の方へふり向いた。楊さんは小舟からあがり、小犬を抱きあげたところである。こころもち憂いをおびたような眼がジッと亭の上の私たちを見つめている。すらりとした姿は洗いざらした藍色の冬服につつまれている。青い水を背景にした白い顔をやや傾け、口もとは無心に笑いかけている。池の彼方《かなた》には城壁が黒々とつづき、庭園には風が少し立ちはじめた。私は立ち上って、先刻紙屑を燃した白塗の壺を手にとろうとした。しかし壺はわずかな熱で割れたと見え、掌の中で破片となり、カラリと床の上に落ちた。

うつし絵

ユウ氏が儲秀宮の調査に加わったのは、清朝最後の皇帝、溥儀が北京から逃亡した次の年であります。中華民国が成立してから十余年もたつのに、それまで「皇帝」はまだ普通の人間とはちがった一象徴として世間の片隅にかくれ住んでいました。

宮殿は主人の逃亡ののち、すっかり封閉され、立入を禁止されている。調査とは言っても学者たちにとって未知の秘密にふれる楽しさがあります。ことに儲秀宮には、溥儀の妻が住んでいたのでなおさらのことです。

西屋は座庁堂《ざちょうどう》をなしていて、石の廊下には今も乗るひともないブランコが二架、さわやかな五月の光にさらされている。書斎風の東屋には、帳《とばり》をかけぬ西洋式ベッドが一台、白々しい姿をとりのこされていました。

正面入口には「大円宝鏡《だいえんほうきょう》」と額がかかげられ、屏風《びょうぶ》の前の宝座には黄緞子《きどんす》のクッションがつけられ、紅い文字で「皇后」としるされた暦の書物が一冊のせられてある。玉を嵌《は》めた如意《にょい》、銅製の鶴、西洋時計、机上の食器、宝架にならべられた陶器、鉄器のたぐい、ピアノの上にちらばった「雅生声歌集《がせいせいかしゅう》」などは、ありし日の皇后の日常をしのばせます。

堂屋の後のまっくらな小部屋に灯火を持って入ると、ビスケット、砂糖菓子、薬の瓶《びん》などから発散する妙に甘いような匂いが鼻をつく。紙箱のふたをとると、満州婦人が髪につける大型の造花のあでやかな色彩がパッとかがやき出しました。彫刻のある硬木の箱には、袖なしなど女人の衣裳が数十枚、盛り入れてあり、上部のものがとり乱されてあるのは、逃亡の際、あわててかきまわしたものでしょう。

「ユウさん、これ見てごらんなさい」

同行のリン氏が大型の紙函《かみばこ》から一枚の写真をとり出して、ユウ氏に手わたしました。皇帝夫妻が自分たちで撮影したらしいボンヤリしたものが多いなかで、写真師のとったらしいその一枚だけは、溥儀の妻の半身が鮮明にのぞき出している。「梅蘭芳《メイランファン》にそっくりでしょう。着つけも顔かたちも」

「ええ」と答えてユウ氏はしばらくその一枚から眼がはなせませんでした。「それからファンさんにも似ていますね」とリン氏に言われるまでもなく、その一葉のうつし絵は彼の愛妻、環《ファン》の顔かたちに生きうつしだったからです。

緑色でふちどられた緋紅色の帷帳《いちょう》などさすがに絢爛《けんらん》たる寝室の額には「万福之原《ばんぷくのもと》」とめでたい文字が認められました。万世にさかえる幸福の根源を臥室《がしつ》にもとめた、はかない夢の跡と見られます。だが皇后のうつし絵を手にとった瞬間から、儲秀宮はよそよそしい調査のための故蹟ではなくて、身ぢかい一女性の棲家《すみか》と思われはじめました。

寝室のテーブルには林檎《りんご》が一つ、否、半個のっていました。倉皇《そうこう》として食べかけたまま投げ棄てられたのでしょう。褐色に乾いた果実につけられた歯型、それはおそらく皇后のものでしょう。そしてユウ氏の愛妻もまたリンゴを愛好することはなはだしい美女でした。西のはずれの浴室の湯槽のかたわらには、真珠の花かんざしが落ちています。

「できれば環に買ってやりたい珠だな」と、ユウ氏は思いました。

清らかな音が、濁って暗い室内の空気にひびきわたる。気がるなリン氏が、宴座の場所に置かれた、紫檀《したん》づくりの大時計のネジをひねったからです。乾隆《けんりゅう》年製の古い大時計は、一カ月三十の日どりと、二十四の節季を示す重々しいかたち。リン氏は更に西洋式食堂にあったガラスばりの精巧な時計の方も、うごかしました。その珍しい時計の中層には、草や石のあいだに小鳥が二羽、まるで生きているような紅と緑の姿をしています。鳥は互いに鳴きかわし、首をまげ、尾を起す。その玉をころがすような声音に耳かたむけていると、実さいの鳥籠《とりかご》のそばに佇《たたず》むように、或は静寂な林間に身をよこたえたように恍惚《こうこつ》となる。杭州《こうしゅう》、西湖《せいこ》のほとりで雌雄つがいの小鳥を飼った想いでのあるユウ氏には、その機械製の二羽のうごきが特に面白く思われる。

「気に入ったようですな」と、リン氏はユウ氏をからかいました。「寝室にはもってこいの玩具じゃないですか。彼らなかなかモダーンですな」

「ええ」ものしずかなユウ氏は、リン氏の口調のようにはしゃいだ気分にはなれません。「稚翠《ちすい》」と「知恋《ちれん》」、古風に名づけた二羽の小鳥の可憐《かれん》な運命が、清い音に聴き入っている彼の脳裡にひらめいたからです。メスの「稚翠」が一羽ではさびしかろうと、オスの「知恋」をあとから買いそえてやったのですが、メスだけが先に死に、オスは籠から放してやったものでした。

湖面にまで石段の降りていた、あの湖楼の庭で飼っていた小鳥夫妻は、胸毛は紅と黄に染められ、その下部は淡青色でした。小さな頭から尾にかけて、背部は暗い翠色《みどりいろ》の羽毛におおわれ、それはほとんど墨色のグリーン、くちばしは紅、爪《つめ》は黄、翼のへりは紅、大きさは三寸ばかり。

「稚翠の方が女のせいか、すんなりしている」妻の描いたスケッチで、ユウ氏はそのこともおぼえています。芙蓉《ふよう》鳥や竹葉青《ちくようせい》にくらべ、声は劣っているにしろ、その口下手な啼《な》き方が、かえって愛しあった二羽の家庭的な親密さを感じさせる。風光が美しく晴れたまひるどき、春の陽かげが白壁にゆっくりと移って行く。ガラス窓を挙げひらいて、鳥籠を竹《たけ》竿《ざお》で軒さきにさし出してやる。ユウ氏と環は二人して、おしゃべりしたり寝そべったりする。チリファラと聴こえる鳥の声で、二人の話がとだえることがある。そうすると、二人は何か相手に話しかけずにはいられなくなる。

「喧嘩してるみたいに、きこえるな」と、ユウ氏が言う。

「喧嘩なんかしていないわ。稚翠が知恋をいましめてるのよ」

「まさか、そんなこと」

「そうよ。稚翠の方が夫よりずっと賢いのよ」

「……うん、それはそうらしいけれど」

「このメスはとても利口なのよ。あんまり利口すぎて、可哀そうになるくらいよ」

そんなとき若いユウ夫人の、感じやすく澄んだ瞳には、夏がすぎるとたちまち枯色にかわる、湖水の青藻《あおも》のゆらめきのように、一瞬のおびえが走りました。

「メスの方がきっとさきに死ぬと思うわ」

「どうして……」そう反問しながら、ユウ氏にも妻の予言が正しいと思われてならない。

鳥籠は花園の碧《あお》い桃の枝に掛けておき、晩になってから部屋に入れてやることがありました。卓上の黄色い火影に照されて睡《ねむ》る姿ほど、小鳥の愛らしさを示すものはない。首をちぢめ、くちばしを互いに相手の胸にあてがい、かすかにふるえる羽毛は、どちらがどちらと見わけつかぬほど毛糸球のようにまるまっている。「シッ……しずかに」環が注意しても、夫が物音をたててしまう。そんなとき首をもちあげ、目玉をパチクリさせるのは、いつもメスの方でした。敏感な稚翠は、無能なオスに代って警戒を怠らないようにさえ見えました。鳥籠を竹竿のさきから滑り落したのは、妻ではなくてユウ氏でしたから、人間の夫妻のばあいにも、男の方がスキの多いタチだったのでしょう。墜落のさい稚翠は足を挫《くじ》き、オスは無事でした。

「不思議なもんだね。あんなに用心ぶかい稚翠の方が怪我《けが》をするんだからな。知恋の奴、ピンピンしてるじゃないか」

「……ええ、きっと稚翠が知恋の身がわりになってやったのよ」

いたましく変貌してしまったメスの姿を眺めていると、ユウ氏にも、妻のことばが本当のように思われました。足の傷がなおりかけてから稚翠は死んだので、その祭文には「既ニ折足ノ凶ニ遭イ、マタ風寒ノ疾ヲ抱ク」の語句を入れました。「即日、浅碧池頭《センペキチトウ》、芳桂《ホウケイ》樹下《ジュカ》ニ葬ル。礼ナリ」という終末の一句は今なお記憶している。

逃げかくれた皇后の埃《ほこり》くさい食堂で、機械じかけの小鳥はいつまでも正確に動作をつづける。

「皇帝も皇后も、趣味は俗悪だな」いきなり、リン氏の大声がきこえました。

見廻した食堂には色ガラスの燭灯が、数おびただしく掛けならべられ、まばゆいほどです。ユウ氏にもその大げさな装飾のやり方が、いかにも凡俗に見えました。

「たいしたもんだな」リン氏が皮肉らしくつまみあげた紅色紙片は、皇帝夫妻の食卓のメニューでした。「野意膳房《やいぜんぼう》九月初七日早膳」と日附もしるされ、厨役《コック》鄭大水《ていだいすい》うやうやしくつくると、自慢そうな料理人の姓名もあります。メニューには、鴨、魚、羊肉、海参《なまこ》、冬《とう》瓜《がん》、銀耳《きくらげ》、茄子《なす》、白菜、豆腐などの料理十八種の名が列挙され、別に蒸食膳品として饅《まん》頭《じゅう》や粥《かゆ》など十三種にのぼっていました。

「宮殿の調査はいかがでしたか」

「皇后の寝室まで見物してきたよ」

いつもなら自宅の食事にさそうリン氏とも別れて、すぐさま帰宅したのは、他ならぬ「皇帝」や「皇后」について、妻と語りあいたかったからです。

「皇帝の妻は、皇后なんだな。今日はじめてわかったよ」ユウ氏は自分にだけわかる、そんな冗談も呟《つぶや》く。かじりかけのリンゴの話、梅蘭芳に似た皇后の写真の話、とり乱された女人の衣裳やかんざしの話、むろん精巧な西洋式大時計の話もくわしくしてやる。

「もしも僕が皇帝だったら、イヤでもファンは皇后だな」

「そうね。そうなるわけね」そう言って沈黙した妻の横顔が憂いをおびたのは、今はおたずね者同様の身になった「皇后」の不幸を想いやったからでしょう。

「あなた、皇帝はおきらいなんでしょ」

「皇帝はきらいだけど、皇后はそんなにきらいじゃない。もしかすると好きかもしれない」

「それじゃ、ジョルジュにはなれませんね」

ジョルジュとはロープシンの小説「蒼ざめたる馬」の主人公です。ロープシンは帝政ロシア末期の社会革命党の指導者、有名なテロリストであります。ユウ氏はこの恐怖党の宝典ともいうべき「蒼ざめたる馬」の漢訳本に跋文《ばつぶん》を書いたことがあります。ファンが主人公の名をおぼえているのは、そのためでした。

爆弾を胸に抱き、拳銃をにぎりしめて、皇帝はじめ時の権力者をつけ廻した、最も勇敢冷酷な秘密運動者と、東洋風文人ユウ氏が似ても似つかぬ人物であることは、申すまでもない。血なまぐさい実践に適した性格でないばかりか、五四運動以後の血気さかんな学生諸君からは「渺茫派《びょうぼうは》」と呼ばれ「明末風エッセイスト」として冷たく視《み》られている。前者は「渺茫《ミャオマン》」という捉えどころのない単語を愛用することから名づけられ、後者は明朝滅亡期のロマンティストをユウ氏が尊敬している点を指しています。

そのようなユウ氏が怪漢ロープシンの思想を愛したのは何故か。

それはたとえば、獄中で死を待つジョルジュの次のような感慨でありました。

「私の感ずるのは、異様な淡漠《たんばく》だ。私は生きようとも思わない。また死のうとも思わない。私は死を怕《おそ》れない。恐怖もない。ただ淡漠なのだ」

渺茫も淡漠も共に「水」に縁《えん》のある漢字、しかも限りないひろがりと、つかみにくい形をしのばせる単語でした。悲壮なはずの志士豪傑が、そのような単語「淡漠」を感得していたことこそ、いかにも得がたいことと、ユウ氏には思われたのです。

「あなたはジョルジュでもないし、皇帝でもないわ」と、ファンはつづけます。「テロリストは皇帝を殺すつもりですわ。皇帝は……」

「テロリストを殺すつもりなんだな」

「……だから、あなたは」

「だから、僕は……」やはり似ている、あの儲秀宮で手にした写真の皇后にそっくりだなと、夫は妻を見守っています。

「……だから一体、あなたという方は」

「だから一体、僕という人間は？」

「……皇帝というモノを、どんなモノだと考えていらっしゃるの」

「僕はまだ一回も、皇帝を見たことはないだろ。それだのに僕はいつでも、アリアリと皇帝という奴の姿を目にうかべることができるんだよ。子供のときからずうっと、いつだってハッキリと同じ恰好を思いうかべることができるんだよ」

「それはどんな」息をはずませ、厳粛なおももちで、ファンは夫の手をとります。

「それはね……」とユウ氏は語りました。

幼年時代から「皇帝」と聴くと、すぐ目に見える一つの怪異な印象がある。黄色な服につつまれ、全身黄色だらけで他に色どりのない人物が、上半身をまっすぐにシャチこばらせて椅子に腰かけている。その足下に数人の男が平伏している。そんな光景をすぐさま想いうかばされるのです。「皇帝」は夜半でも黎明《れいめい》でも、その同じ姿勢で腰かけていることになっています。起《た》ち上りもせず、歩きもせず、横になりもしない。その人物は、大型の自動車で軍警の行列のあいだを疾走し去りますが、そのときも例の姿勢を崩さない。そして、黒夜でも白昼でも、人々が大ぜい「彼」に平伏している、永遠に平伏しているのでした。老幼男女、むくつけき者、なまめかしき者のすべてに、うやうやしくしたがいあがめられたまま、ユウ氏の「皇帝」は身じろぎもせずに端坐しつづけているのです。

「そして、そのひとは、そんなに坐りこんで一体何を考えているの」ファンは気づかわしげにたずねる。

「ただ心配をしているだけなんだよ」

「どんな心配なの」

「とても沢山の心配が『彼』にはあるんだよ」

ユウ氏は、その日調査した古文書の文面で特に興味をそそられた皇帝心理を、妻に話してやりました。朱元璋《しゅげんしょう》といえば、清《しん》朝廷の一つまえの明《みん》朝廷をひらいた男。強力きわまる「明の太祖皇帝」であります。「太祖皇帝欽録《きんろく》」とよばれる、古い古い抄本は、藍色《あいいろ》の紙面に黄色の文字のしるされた折たたみ式のもので、楷書の漢字に紅い圏《まる》で句読《くとう》が切ってあります。この文書は大部分、秘密命令、口づたえのさとしであるため、緊張し切った皇帝の心配が、息づかいまでわかるようです。どうやって臣下の謀反を防いだらよいか、その苦心はまことにすさまじい。

「一番おもしろいのは『秦王《しんおう》を祭る文』という奴なんだよ」考えぶかげに、ユウ氏は語る。

「秦王というのは誰なの」

「皇帝の子供だよ」

「その子供が死んだの？」

「そうだ。殺されたんだよ」

「誰に？」

「皇帝にだよ。そうだよ、自分の子供だけどね」

「……」

「しかも毒殺したんだよ」

妻の指さきはふるえ、額は蒼ざめました。

祭文《さいもん》というものは痛悼したり讃美するばかりで、もともとイヤらしいものですが、「秦王を祭る文」はイヤらしいのを通り越していました。

「汝《なんじ》の死は汝みずから招いたものであるぞよ。わしが汝の罪過をこれから数えたててやるから、汝はよっく耳をすまして聴くのじゃよ」

皇帝は自分が毒殺させた子供に向って、そうねんごろに語りかけている。一つ一つ箇条書きにして列挙した死者の罪悪、わが子の不心得は、そのまま臣下たちに対しては「サア、これがよいみせしめじゃぞよ。お前らも注意したがよろしいぞよ」という、警告の檄文《げきぶん》になるわけでした。

「もしもそんな皇帝だったら、自分の皇后だってきっと毒殺してしまうにちがいない」そうした恐ろしい想いが、妻の胸をかすめたのに、ユウ氏はむろん気づきませんでした。

「もしも皇帝がそんな男なら、皇帝なんてきらいだわ」思いつめたように、ファンは言う。

「もう中華民国には、皇帝はいないよ」

ユウ氏はおびえた妻をなだめ、やがて二人は二羽の小鳥のようによりそって、睡りに入りました。

その夜、夫妻はふたりとも鮮明に記憶に残る夢を見ました。

ファンの夢には「宮殿」が出現しました。

風もないのに、乗っている船は前後左右にかしぐ。五百噸《とん》ほどの小さい帆船。「ゆりかごみたいだわ」と彼女は想いました。ある晩「ついた！」という声がする。見るとはるかな岸辺には野蛮人の女が二、三人、歌ったり跳ねたりしている。腰巻きをひらめかして飛鳥のように走るところは、小鬼に似ています。街灯もおぼろげな灰色の街に、巨《おお》きな邸宅。船上の人は、海洋を渡り切った勢いでさかんに「ついた！　ついた！」と言いますが、どこについたとも言いません。「琉球かもしれないわ」岸に登って、アーチ型の門を入る。くろぐろとした大きな屋内をくぐりぬけて行くあいだ、誰一人であいません。回廊もあり庁堂もある。どこも荒れはてています。どんづまりの高堂、そこに一つの玉座が設けられ、黄色いどんすに金の刺繍をしたクッションが三つ、置かれてある。まんなかの一つは大きいが、両側の二つは大へん小さくて、掌《て》のひらぐらいしかありません。右側のがなくなっているのは、誰かが持って行ったのでしょう。彼女は左側のをつかんで歩き出しました。

ポケットにいれる。来たときはたしかに一人だったのですが、帰りは夫と一緒でした。ユウ氏はすこぶる歩きにくそうで、船は出帆しかかっている。二人が跳び移ったとき、船の踏板はもう揺れていました。

船はかぎりない紺碧の浪《なみ》のなかを進む。彼女は劫奪《こうだつ》してきた黄色いクッションを、もてあそぶ。ほんの小さい布片なのに、それがうまく握れない感じでした。握りしめればしめるほど、掌のなかがたよりない。綿よりもなお軟《やわ》らかくフワついている。(それこそ秋の霧よりも渺茫としていたのよ、と彼女は得意そうに夫に告げたものです)。「そうだわ」ギョッとして彼女は悟りました。「どんなにしっかり握ったって、醒めればそれっきりなんだもの。ムリしたってつまらないわ。どっちみち、空しいことなのね。さあ、これでお遊びなさい」と、彼女は貴重なクッションをユウ氏に手わたしました……。

「スベテハイツワリダ。スベテハ空シイ」

妻は有名なロープシンのことばを使用して、夢で握ったクッションの感じを、うまく夫に説明しました。

「あなたは?」

「別に夢は見なかったよ」とユウ氏は答えました。自分の夢の内容が気恥ずかしく思われたからです。

談論にも疲れ、麻雀《マアジャン》にも飽きたころ、けだるい寒酸な夜のしじまを破って「第二軍が来たぞゥ」と、突如、降って湧いた一人の男が叫びました。ひとびとは驚愕《きょうがく》し、とりけだもののように逃げ走る。ときは冬のおわり、場所は蘇州《そしゅう》の旧宅であります。匪賊《ひぞく》の襲来！

正門は包囲されたと知って、後門から脱出しようと、召使の老婆と小路を折れ曲って行く。ぐるぐる廻りするばかりで、結局もとへもどりました。ひとの話によると、正門の警戒は厳重らしいが、通行は許されているとのこと。単身で金めのものなしなら出られるかも知れない。明日になったらおしまいのような気がする。

さいわい両親は北京だし、子供もいない。奥の間にもどって、さて何を携えて行ったものか、見当がつきません。街々は鼎《かなえ》の沸くようだから銀行などたよりにならない。現ナマの銀塊は重いし、見つかれば取上げられる。紙幣をわずか、それも一元札が十枚なので、十円札一枚ととり換えようとするが、あわてるばかりでそれができません。ともかく逃げること、逃げること。

匪賊は宗教団体が赤化したものらしく、大邸宅や官庁はみな監視されていても、むやみやたらな掠奪《りゃくだつ》はまだ行われていない。夜が明けてから分配がはじまるのであろうか。門までのあいだ、夢の中を歩くようにして行く。笛を吹くカオさんに遇ったので、「今日こそ君たちも最期だな」と言う。中庭まで来ると、地面の四隅に子供の腕ほどの大きな蠟燭《ろうそく》を立てて、ものものしく照りかがやいています。見張所もおびただしい。銃をにない、抜身の刃をさげて向いあって立っている二人は、木綿服を着た壮年の小作農で、兵士ではありません。ユウ氏を認めると、カッと目を怒らせてにらむので、さからわないようにしてソロソロと進む。

大門が見えるところまで来て、外套を着ていないのに気づきました。長旅の寒さが防げなくてはと、取りに引返す。見張の者たちは、ユウ氏のゆきつもどりつするのを、いぶかり怒ったのか銃をつきつけます。避けようとすると、銃口がついてくる。彼らにとって、銃を発射するかしないかは、さしたる問題ではないのに、ユウ氏にとってはそれが生死の界《さかい》なのです。発砲されるかされないか、死ぬのか死なないのか、感覚できるのはただその一つだけで、ひごろ好きだった「渺茫」も「淡漠」も一向に考え及びません。

万が一にも助かるかと、事情を告げると、相手は「お前を出歩かせたのも規則違反だから、今度出てきたら厳重に調査するぞ。もしお前の持物が我らに無用な品だったら、持って行くがよろしかろう」と言う。ようやく死を免れたのだから、いやも応もなく室へともどります。

その時になってはじめて、愛妻ファンが居たことを想い出したのです。わき部屋を探すと、彼女は明るい電灯の下ですすり泣いています。抱き合って二人は大声で泣きました。「いよいよ永のお別れだよ。こんなことになろうとは、思いもかけなかった。冬休みに北京へ行っていれば、こんな目には遭わなかったろうに」ユウ氏が「僕も行くまい。一緒に死のうか」と言い出しても、ファンは黙ったまま、ますますはげしく泣きます。ユウ氏は進退きわまって「夢であってくれたらな」と歎息しました。

「皇帝」の逃亡したあとの宮殿を調査したところから生れた、悪夢にちがいありません。逃亡する当人がユウ氏自身に替っただけの話です。夢の中とはいえ、愛妻の身命も忘れはてた狼狽《ろうばい》ぶりがまず恥ずかしい。金銭に対する執着も恥ずかしい。そして何より恥ずかしいのは、昨夜睡るまえに、あれほど批判した皇帝心理と似かよったものが、学者ユウ氏のどこかに隠されていたことであります。臣下の者に対する皇帝の醜い警戒心と、あまりかわらぬ警戒心を、ユウ氏もまた民衆に対して抱いているのではないか。それが夢の襲来となり、包囲となり、あわてふためきとなり、銃口となり、単独脱出の企てとなったのではないか。

いつもとかわらぬ愛妻の、やさしい朝のそぶりを肌身に感じながら、ユウ氏は憂うつにならざるを得ませんでした。

それから約十年間、「上半身をまっすぐにして椅子に腰かけた黄色だらけの人物」は、ユウ氏夫妻の視野からも夢裡からも消え失せていました。しかし決して地上から消滅したわけではない。隠れ住んだ「皇帝」のもとへは、日本帝国の覆面の使者たちが熱心に通っていました。海をへだてた日本列島には今なお厳然として、堀をめぐらした立派な宮殿があり、御召馬車や御召自動車を疾走させる別の「皇帝」が一人、安楽に住んでいましたし、皇帝を利用することのうまい、皇帝よりエネルギッシュな支配者たちが、「シナの皇帝」

をも操ろうとして待ちかまえていました。

ニセ満州国が中華民国の広大な東北部に、狭くるしい島国の軍人たちの手で「樹立」されると、生ける屍と化していたはずの溥儀は、一夜にして復活して、「満州国皇帝」と名づけられました。偽りの「国家」という巨大な椅子に腰をかけた「黄色の怪人」は、平伏する人々を求めて北方から、暗い影を、次第に色濃く南方へとのばしひろげつつあります。

華北でも江南でも切迫した反抗のため学生たちが活気づいていたその頃、清華大学教授ユウ氏はいよいよ渺茫と、ますます淡漠となり、「詩経」など古典の註釈に没頭して、沈黙をふかめるばかりでした。かつての親友リン氏が、さかんにユーモアと諷刺《ふうし》を盛った小品文を発表しては、隣国の横暴や蔣介石の独裁ぶりを嘲弄《ちょうろう》しているのに、ユウ教授は意見らしきもの一つもらそうとはしません。もはや彼がかつて、露国テロリストの冒険譚《ぼうけんたん》の漢訳本に、跋文を書いたことなど、世人はおろか彼自身さえ記憶していないようでした。

「夢としかみなされない現実もあり、現実としかみなされない夢もある。夢のなかの悲喜盛衰が我が日常と思われるからには、夢もまた現実ではなかろうか」

このような意味あいまいなユウの文章から、彼の思想に結論をあたえる手がかりを発見しようなどと、試みたところで無益な業《わざ》であるのはわかりきっていました。文学運動の主流からも遠くはなれ、新興学術のざわめきにも耳をかさず、ただひとり古書に親しむのみでありました。

「満州皇后」の死が伝えられたとき、もはや市民たちは、オリンピック出場の水泳選手ヤン嬢の艶聞《えんぶん》に打ち興ずるほどにも、関心を示そうとはしません。

「皇后が死んだよ」

「どこの？」

「溥儀の妻がだよ」

険悪な世相に肉づきをけずられたのか、するどさを増したファンの表情に「もしかしたら死期のちかづいたときの『皇后』は、あの儲秀宮の写真よりは痩せおとろえ、今の妻に似かよっていたかもしれない」と、ユウ氏は思いました。

東京で病死した友人の遺体をひきとるため、ユウ氏夫妻が日本へ渡ったのは、桜花が人の心をときめかす四月上旬のことでした。中国でも日本種の緋ざくらは、杭州の孤山のいただき、西冷印社の中庭、文泉とよぶ清水の南側に一本だけ見うけました。朝陽の光と影の中で、柔い枝と老いた幹、ふくらんだ苞《つぼみ》と落ちた花弁がまことに美しい。花などに気もとめず花の下を掃いていたその日の園丁こそ、花に伴い、花を愛する人と思われました。それ以来ファンは桜樹に富む異国の春にあこがれていたのです。

しかし東京で二人を待ちうけていたのは、満開のさくら花ではなくて、警視庁の捕吏たちでありました。

ホテル（桃色のペンキを塗られた小さなホテルは桜館という名でしたが）からM署まで

理由も説明されずに、連行される。満員の留置場の別々の監房に入れられて三日目、検事の取調べがはじまるまでは、何が原因でどんな結果をまねくのか、夢で遭った奇禍のように、灰色の幕で眼さきをとざされていました。

「渡日の目的は何かね」と、検事はたずね、かつ記録する。

「友人の死亡したあと始末のため？　表面の理由はそれだね。しかしほかに本当の目的があるはずだね」

日本語の不自由なユウ氏は、通訳を介しても答弁に難じゅうします。

「ウソを言ってもむだだよ。まさか花見に来たわけでもあるまい。明確な目的があるはずだよ。ただし君には、それが言えないだけだろ」

「別の理由はない」

「君も大学教授なら、ほかに理由はないじゃ通らないくらいわかるはずだがね」ユウ氏の知的職業を知っている検事は、馬鹿にされぬよう、冷静鋭敏を見せつけようとする。

「君はロシアのテロリスト、ロープシンなる男を知っているな」

「……名は知っている」

「名ばかりじゃないッ。君は危険きわまる彼の宣伝文書を翻訳してるな」

「翻訳はしない。だが跋文は書いたことがある」

「おんなじこったぞ。彼は何の目的を以てかの宣伝文書を配布し、君は何の目的を以てそれを中国国民に普及しようと企んだか」

「あれは宣伝文書ではない。文学作品だ」

「君は俺が、『蒼ざめたる馬』を読んだことがないとでも思っとるのか」

「そんなことは別だん、思ったことはない」

「だまれッ」検事は大喝一声して片腕を振りあげます。

「そんなら、こっちから質問してやるぞ。いいか。蒼ざめたる馬とは何か。ただの馬なのか。そこらにいるウマか。蒼ざめたる馬とは死神の乗ってやって来る馬じゃないか。この特別のウマに乗って、死神はいったい、どこへ出かけるのか」

「……答えられない」

「わからん？　馬鹿言うな。お前はこの死神のウマに乗って、わざわざやって来たんじゃないか。鏡でよく自分の顔を見てみろ。お前の顔は死神の顔じゃないか」

警察署の楼上のガラス戸の外は、ものういほど明るい春の陽ざしが、白く乾いたアスファルト路に降っています。暴力的な怒鳴り声を浴びていると、この人通りの少ない異国の白昼の街角のどこかを、なかば透明な青黒い馬が、ひっそりと通過して行くような気がしました。

「オマエハシニガミダゾ」と言われても、それに反対する気持が湧きません。誰が自分は死神でないなどと、他人に向って証明できるだろうか。また誰が、眼には見えぬ伝説の

「馬」に乗っているか否か、たしかめることができるだろうか。

「満州国の皇帝陛下が……」

検事がこの一句を発音したとたんに、ユウ氏はやっと自分たち夫婦が検束された理由を、おぼろげながら推察することができました。日本の新聞は、連日、ニセ国家のニセ国王が日本へ「来朝」するうわさでもちきりでした。溥儀を国賓として迎える祝典行事のかずかずが、にぎやかに予報される一方、それだけ警戒も厳重になっていたからです。日本政府は、日満親善のための重大工作となるはずの、この日本訪問にさいし、それを阻止あるいは破壊する目的をもつ刺客の一団が、中国の秘密機関から送りこまれると予想していました。ユウ氏もまたその暗殺者の一人と疑われたのです。

「それではおそらく、彼が天皇との相談をおわり、日本から引揚げるまで、僕らの釈放はむずかしいだろう」

ユウ氏の判断どおり、拘留は二週間つづきました。各監房を満員にしていた拘留者の半分は、「皇帝」が天皇との会見を完《おわ》るまで、予備検束された「危険人物」でした。ジャムつきのパンを食べては嘔吐している朝鮮の農人、ひ弱そうな新聞配達の少年など、多くの者はとても爆弾を抱いて徘徊《はいかい》するとは想像できぬ人々でしたが。彼らは大部分、遠い北の国の「元首」フギさんなどが、自分たちの毎日の貧しいくらしに何らかの関係があろうなどとは、一瞬も考えはしなかったのに。

不意の災難でたった一つのもうけ物といえば、妻のファンが予想外に勇敢な婦人であると発見したことです。女子監房の前でよた者の一人が着物のすそをまくり、陽物を見せびらかして彼女を辱しめたとき、金網の内側のファンが歯切れのよい蘇州弁で、まるで機関銃を連射するように罵《ののし》りかえしたときの何と痛快だったこと。

「さあ早く、上野の桜を見に行きましょう」

釈放の朝、けなげな妻はまず元気よくそう言いました。だがすでに上野の公園には、桜の若葉が埃風にあおられ、汗のみ流れて一ひらの花弁さえ探しあてることができませんでした。

今にして想えば、金色菊花の紋章で飾られた御召車の中で、シルクハットを片掌に長い首を傾けていた、両眼のおちくぼんだ「黄色の怪人」こそは、まごうかたなき死神であり、黒光りするその御召車こそ誰の視力も捉えられぬ蒼ざめた馬に曳《ひ》かれていたのでした。そして「皇后」の死後、彼の新しき花嫁となって「満州国」へ旅立った日本女性は、死の天使に捕われた哀れな犠牲者でした。

永い永い戦争のあいだ、日本の侵略がひろがるにつれ、奥地へ奥地へと逃亡する苦難の日々、ユウ氏夫妻の会話には、「皇帝」のことも、死んだ「皇后」のことも、異人種からえらばれた新しい「皇后」のことも現われませんでした。

　親友のリン氏はアメリカにあって、英語の小説を綴《つづ》りつづけている。もう一人の親友チョウ氏は悲しいことに、占領された北京にとどまり、日本側の機関で重要な位置につきました。

「もしもチョウさんに沢山の御家族がなかったら、あんなことはなさらなかったろうに」

「そうだ。僕もそう思う」

「私だって、あなたの足手まといになって迷惑をかけるくらいなら、毒を飲んで死にますわ」

　息をひそめて「恐怖」のどよめきに耳をすます戦争期間、ユウ教授は妻が何回となく自殺の覚悟をするのを眺めねばなりませんでした。

　やがて力尽きた日本帝国の全面降伏。和平来《きた》る。戦後の一年間、ユウ氏夫妻は蘇州の旧宅にとじこもり、冬ごもりの獣のように慎重に外部の気配をうかがうのみでした。祖父の代からユウ一家にはおなじみの古い槐《えんじゅ》が、寒そうに枯葉をきしませるころ、夫妻は久しぶりで、あの梅蘭芳によく似た「皇后」の運命について一夜を語りあかしました。短波のラジオが、今やニセの権威をはぎとられた「黄色の怪人」の興奮にふるえる声を運んで来たからです。

　ロシア人憲兵に両側から支えられ、戦犯裁判の証人台に立たされた「皇帝」は、すでに死神の幽気さえ失った喪家《そうか》の狗《いぬ》であります。ユウ氏が幼年時代からまだ一度も聴いたことのなかったその声、「上半身をまっすぐにしてジッと椅子に腰をかけた人物」の声は、異様に乱れていました。白色人、黄色人、黒色人、褐色人などから構成された、厳粛な法廷の空気は、氷より冷たく「皇帝」の全身に浸《し》みとおっているにちがいない。すべての視線、すべてのささやきが彼を批判し、彼を軽蔑し、彼を嘲笑している。彼の罪はあまりにも大きく、彼の滑稽《こっけい》さはあまりにも明らかである。壇上に色を添えた各国の国旗のどれもが、彼からは顔をそむける。

一語は一語よりはげしく、フギは訴える。彼は、自分を国際犯罪用のロボットにしたてた、ニッポン軍人の圧迫と強制を呪う。彼は、つもりつもった屈辱の想いをぶちまけようとして、いら立つ。彼は憤激に燃えあがり、復讐《ふくしゅう》を欲している。怒りと恥ずかしさで逆上した「皇帝」は、他のどの証人よりも仰々しいジェスチュアをしなければならぬ。彼はかん高い声をふりしぼって、天に向って叫ぶ。そして固めた拳で台上を一撃する。法廷にはおどろきのざわめきが起きる。やがてあらゆる物音が消え、神秘的なしずけさがあたりを支配する。異常にしずまりかえった法廷内に、階上の拡声器から、通訳のことばが流れ出す。「私の愛する妻は日本軍人の手によって毒殺されたのである」と、日本語で伝えられる。「私の愛する妻は日本軍人の手によって毒殺されたのである」と、英語と中国語が伝える。「私の愛する妻は……」

ユウ氏は、感じやすい妻の胸のうちに発火した感情の熱度を、だまって自分の胸にうけとめていました。

「もしも彼女が皇后でなかったら」とファンは恐ろしげにつぶやく。

「もしも彼が皇帝でなかったら」とユウ氏は声には出さずにつぶやく。

「けれど彼女は、毒を飲まされたのでしょうか。それとも自分で飲んだのでしょうか」と妻は言う。

「もしも飲まされたとすれば、飲ました男たちと一緒に仕事をする気持が、どうしてフギにあったのだろうか」と夫は言う。

「彼は妻を殺した男たちと、平気で暮していたのでしょうか。おそろしいことだわ」

「平気ではなかっただろう。苦しみもしただろう。だが妻が殺されたあとでも、彼が生きていたのは事実だ」

「夫というものは、そんなものでしょうか」

夫は、妻への返答につまる。

「私はこう考えるわ」とファンは言う。「もしも彼女がほんとうに夫を愛していたとすれば、夫を守るためにみずからすすんで毒を飲むこともありうるのじゃないかしら」

「夫の身がわりになって？」

「日本婦人と結婚しなければ、夫の生命が危険だと知って、自殺したのかも知れないわ」

「彼女はそんなにまでフギを愛していたのだろうか。彼には、そんなにまで愛される資格は何一つありはしないのに。第一、そんな風にして妻を死なせることを、普通なら夫として許すことができやしないよ」

「……すると、何も知らないで毒殺されてしまったのでしょうか」

「彼女が死んでしまったから、何もわからなくなっているけれども。しかし、彼はほんとうに『皇后』を愛していたのだろうか」

「もしもフギにも愛されなかったとすれば、彼女が、あんまり可哀そうすぎるじゃありませんか。だって彼女は彼のために死んだのですもの」

「そうだ。それではあんまりひどすぎるね」

　妻の心をそれ以上傷つけないため、ユウ氏は口をつぐみました。「皇后」は消滅した。だが今度こそ完全に地上から姿を消した、という感慨がユウ氏の胸にむらがり沸きます。だが教授にはもう一つ別の、いまわしい想像が残されていました。それは中国歴代の王朝の暗くいかめしい宮殿の奥で、何回となくくりかえされた犯罪であります。自分の生命の安全を守るためか、何かもっと他の目的のために、「皇帝」が「皇后」を殺害するという実例を参考にした想像でありました。

　本篇の主人公ユウ氏は、兪平伯《ユウピンポウ》氏をモデルにしましたが、もちろん実在の兪氏は、虚構されたユウ氏より遥かに学識もゆたかで見識も高い知識人であります。氏が現在、中華人民共和国の首都北京にあって現役の大学教授の職にあることが、それを証明します。兪氏にはむだんで氏の文集「燕知草《えんちそう》」「雑拌児《ツアパアル》」などから、氏の文章を借用しました。兪氏はまだ（或は永久に）まとまった自伝を発表してはいませんから、本篇のユウ氏及びユウ夫人の言語動作が実在の兪氏及び兪夫人のそれと異なっていることは申すまでもありません。

獣の徽章《しるし》

一色は倉の出獄を新聞で知った。記事には家族の群にむかえられた軍帽軍服の出獄者たちの写真をそえてあった。和服の女の上半身のうしろに、二番目に顔を出しているのが、氏名を活字で探すまえに、すぐ「倉大尉だな」とわかった。刑期は七年と人づてにきいていたが、減刑の発表があるたびに、「倉は」と注意して見るくせがついていた。それ故、その知らせは予想していたものなのに、やはり冷たいものが背すじを流れた。倉に対して特にうしろめたいものがあるわけではない。敗戦後の日本人の運不運はさまざまだし、善人ほろびて悪人さかえる実例もつねひごろ見聞している。戦犯に指定された友人は倉一人ではない。或は死刑になり、或は投獄されているそれらの友人が自分より悪質の日本人だった、とは一色も考えていない。悪質でなくても裁判にかけられ、悪質であってもカスリ傷一つ負わずにすむ場合があり、それがうき世のならわしだと漠然と考えている。倉が投獄され、自分が何事もないのは、表面的な事実の上では公平かもしれない。しかし一色が倉と同じ立場にいたら、倉と同じ行為をやり、したがって同じ刑になったことは、ほとんど確実である。

「これ、俺の上海《シャンハイ》で知ってる男だよ」

一色はその夜、見ていた新聞を、妻の方へ押しやった。

「これ、この男さ」

「あら、どれが」

「おとなしい男だったんだけど運が悪かったんだ」

「ふうん、このひと？　でも出されてよかったわね」

「うん、そりゃもともと仕方なくてやったことなんだからな」

妻は夫からはじめて聴かされるその友人の過去の経歴に熱心に聴き入った。倉という友人が夫にあったことさえ彼女は今まで知らされていない。

「上官が東京へ帰って留守のときに、かわりに裁判に出席したんだ。アメリカの飛行士が上海の附近へ墜落して、つかまって、日本軍に死刑になった事件があってね。その時の判決文に倉が署名してるのさ。署名してる以上、責任はとらなきゃならないだろうが、どうせ東京からの命令で署名したんだろうから、当時としては当然だったんだろうな」

「そうね。そういうことってよくあるわね」

「あの俺の白革の夏靴ね。あれ上海で倉にもらったんだよ」

「ああ、そうなの」

そう答えても、戦犯としての倉という人物と夫との関係を暗い面で想像しようともしない妻の日常的なそぶりに、安心と共にもどかしさを一色は感じた。

戦時中の上海での自分のめだたない行為は戦犯という物々しいレッテルにはふさわしくない、それを大げさに罪の自覚ととりあげて良心家ぶる気持はない。それほどの良心家であろうはずがないのである。事なくすめばそれに越したことはない。

「倉が出たらともかくすぐ会わなけりゃならんな」と一色は、妻には言わずに、すぐ思った。戦犯すれすれに位置しながら無傷に残った誰でもが抱きそうな心理である。せいぜい一夜御馳走《ごちそう》して、親切に話しこむ、しかし就職の世話、家庭のめんどうを見てやれる自信はない。終戦後まもなく帰国した一色は、東北にいる倉の家族にあてて手紙一つ出したことがない。一色の場合はただ、自分の無責任や非情、或いはそれにおち込みやすい自分の性格を公にして、ただでさえめんどうな日常の神経をこれ以上いらだたせたくないのである。

一色が関西へ出張しているあいだに、倉は訪ねて来た。上海での一色の飲み仲間である画家に、夜半つれられての訪問である。倉の生家は東京にないし、その友人関係も一色は知らない。出獄したその日から住居その他不自由なのかもしれない。

「あと二日ばかり東京にいるんですって。東京の連絡場所をここへ書いて行きなさったわ」

「そうか、そりゃ悪かったな。そこには電話はないんだろうな」

「連れの方のお家にはあるらしいわよ」

「ああ、そうだ。奴のところに電話すればいい」

酒好きのその画家は睡《ね》むそうな声で電話口に出た。

「それで、倉さんは元気かね」と一色はたずねた。

「ああ元気だよ、とても」何故そんなことをきくのかといいたげな、のんびりした声で相手は答えた。

「倉さんの今いる所に連絡するには、どうしたらいいのかね。その家の場所はあんた知ってる？」

「知らんよ。だけど番地書いておいたろ」

「しかし手紙出して連絡してたんじゃ、彼くにへ帰っちゃうだろ。だから訪ねて行こうかと思ったんだけど。まあ、それじゃ速達だしとくかな」

「そうしろよ。彼そのうちどうせ東京へ出て来るよ。いそぐことはないさ」それより画家自身が今いる家から逐《お》いたてをくっているから、何とか移る場所を探せよと、笑いながら言った。

倉の東京の寄宿先に速達は出したが、もとより帰郷したあとであった。倉の返事は東北の村からとどいた。一色が無事に大会社へ就職して平穏な家庭を持っていることを祝福する文面には、他意はありそうにない。上海では倉が一色のめんどうを見る立場にあっただけに、あっさりした倉の性格から出た単純な喜びとうけとれた。

「あの男、どんな風だった」と一色は妻に何げなく問いただした。

「そうね。やっぱり顔色がちがうわね。黒いようにくすんでいてヘンよ。手脚の動かし方も妙に骨ばっているし」

「重労働はやらされたろうからな」

「話し方なんかおとなしくて感じがいいし、元気もいいんだけど、やっぱりああいうとこに入ってるとちがうのね」

一色は今の世の中で自分はかなり恵まれた方であることをよく承知している。焼けなかった住宅も広く、会社での収入も多い。彼の一生のうちで、世の中全体の水準と比較しては一番快適な時代ともいえる。それだけに不幸に見舞われた知人に対しては、知られぬようにに警戒心をこまかく働かせている。あと十七、八年で人生五十に達する、どう神経をくばろうが帰着する一点は死あるのみと時々は結論するが、もって生れた薄弱な性格と、戦時中、外部からおしつけられた猜疑心《さいぎしん》は死ぬまで抜けきれそうにない。

「ここの家は中流階級よ。中流としても下だわ。中流階級ってケチでつまんないわ。わたしみたいにうんと貧乏か、それでなきゃうんと資産家じゃなくちゃ、やることが中途半ぱで、いつでもおずおずしてイヤね」

私立大学の教授をしている父の家庭での女中の放言は今だに一色の耳に残っている。大学一年のとき、一色は不注意きわまる一社会主義者の非合法出版物をあずかり、銀行ギャングという思いもかけぬ大事件に連坐して、中途退学させられた経験がある。それ以来、彼はたとえ社会の荒波からできるだけ片隅に身をよけている中流家庭のおとなしい一員でも、予想外の苛烈《かれつ》な渦にまきこまれる可能性がある、しかもその危険は至るところに伏在していると悟った。学士の免状を持たず、しかも社会の秩序の叛逆者と誤解された場合、気の弱いインテリのこうむる辛《つら》さは、事件からへだたるにつれ、かえって増加するのをおぼえた。人間というものはどのようにでも疑われる存在であり、相手方を完全に理解するため視力は誰にもあたえられていない。ただ何とかこの疑念の霧をおしのけて生きて行くためには、むりにでも自分はこういう人間だと思いこませてやるより仕方ないと、身にしみたのである。警察からも憲兵隊からも一月一回はかならず私服の係りが心理状態を探りに来たし、やっとありついた会社の職場でも、重役の社員調査のさい、特に厳重に監視されている自分を感じた。

そんな一色にとって、上海の軍の本部に、西洋史学を専攻した自由主義者倉大尉がいてくれたことは、地獄で仏に遇《あ》う好運であった。身辺に危険を感ずるような反抗精神も持たぬかわりに、官権のおそろしさを人一倍感ずる一色にとって、当時の上海を支配した日本軍の中枢部に、話のよくわかる善良な友を得たことは気強いにちがいなかった。支配者の権力をおそろしいおそろしいと思いつめ、権力者のグループは一生自分のちかよれぬ特別強力なサークルと判断していたのに、倉大尉と親密になってからの彼は、案外それが自分とかわらぬ人間によって構成され、普通人の弱さや愚かさも持ち、もろい防壁のわれ目から彼自身もなかばその内部へもぐりこめる可能性をさとった。

東京の住所の警察署では、大東亜省の証明書が下りているのに、一色の上海渡航を許さなかった。それが特高係りの個人的感情問題なのか、目に見えぬ上層部の指令なのか、刑事たちのニヤリニヤリと笑う鈍い表情から一色は読みとることができなかった。泣き落しで許可をもらってからも、乗船を前にして長崎の水上警察で、或は黄浦江《こうほこう》の岸壁に横づけにされた船中での領事館警察出張員のスタンプをもらうのに、あとで考えて滑稽なほど神経をつかった。一人々々の警察官の態度は、別だん威圧的でも差別的でもなかった。一色自身が意識過剰で、相手方が意識する以上にかんぐってはおびえているのかもしれなかった。運命をきりひらくより、それに流される方を強く感じている彼は、権力を代弁する人々、大使館の官吏や将校や憲兵や署長を、まるで絶対の鉄壁とみとめて、その長く濃く落ちている影の下の自分を過小評価しているともいえた。勇敢に行為することのない知識人の神経衰弱的症状でもあった。

「こちらへ何の連絡もしないのは困るじゃないですか」到着して四、五日すると、領事館警察からは、一色の事務所に電話がかかった。「覆面で来たようなもんじゃないですか。いけませんよ、もっと胸襟《きょうきん》をひらいて、こちらともつきあってもらわんと」「まあ、酒でも飲みに来て下さい。何でもお話はしますから」「そのうち憲兵隊のG君と一緒におうかがいしますよ」「どうぞどうぞ」そんな愛想のよい会話をとりかわしただけでも、一色はあたりの光線がたちまち黒ずむのを感じた。

　それ故、一色は上海でも有名な豪華ビル七階の倉の宿舎に入るとホッとするのである。居間と寝室のほかに立派なバスのついた純西洋風の大きな部屋は、七階だけに、街の塵埃《じんあい》と雑音から完全にはなれて、清潔かつ優美であった。正面玄関には剣づきの銃を手にした衛兵と、ぬけ目ない中国人の受附がひかえていたが、一たんエレベーターで七階まであがってしまえば、モダンな光沢のある家具にかこまれ、絶対の安静におちこめるのであった。特殊任務を持つ将校だけの高級宿舎は昼も夜もしずまりかえり、毎日通う騒がしい印刷会社の事務室とはくらべものにならない。第一その部屋に寝そべっているあいだ、一色はＧという朴訥《ぼくとつ》な憲兵軍曹や若い領警の係りにおそわれる心配もなし、重苦しい体臭で自分の呼吸をつまらせている、その権力のなまあたたかい胎内にみずからかくれているようなものであった。

　倉の留守に入りこみ、ボーイに命令してバスを用意させる。長方形のバスルームに天井まで白い湯気がたちこめる。細い窓をわずかにあけると、高層建築のわき腹をおしつけていた空気が、すばやくもぐりこみ、充満した湯気はさまざまな渦をまきあげる。はるか下方の往来のざわめきが、ごくかすかに吹きあげられてくる。首のつけねを気持よくくすぐるシャボンの泡は、白いタイルの上方にあけられた落し口から、具合よく流れおちる。血なまぐさい戦場、みじめな東京、とげとげしく荒々しい現実社会をはなれ、はなやかにもつれる湯気のうごきと、ねむくなるような密室の快感に包まれ、「権力という奴は有がたいものだな」とつぶやきそうになったことさえある。

倉は上海では軍服の時もあり、中国人と接触する必要上、背広姿でも自由に出歩いた。その姿が目に残っていただけに、出獄後、茶色い合着の背広であらわれても、かわり果てたという感じを、一色は受けなかった。もともと色黒で、肉のたるみもなく、終戦まぎわは劇務の疲れが、皮膚の色つやをことにわるくしていた。気をつけて眺めると眼の下の黒ずみ方や、額や顎《あご》のあたりにこまかく見える皺《しわ》は、獄中で倉につけ加えられたものとわかったが、話し方も快活で、一色の方が自分の暗い気づまりをむりに隠さねばならなかった。

大言壮語もしないかわりに、神経質な気落ちも見せない、学究の徒らしくもある手堅い中年男。それが全く変化を示していない。死刑の求刑があったにもかかわらず、アメリカ人弁護士の熱心誠実な努力のおかげで、ふたたび社会人にもどれた喜び、そのためあかるいおちつきが具わっているとも考えられた。

「方々で御馳走されちゃあ、おんなじ話をさせられるんでね」

倉が和服にくつろいでから、苦笑して語ったその一句に、倉を各々の場所で迎えた知人たちの複雑な心理、ひいては自分の捉《とら》えがたい内心を解剖されたようで、一色はギクリとした。職業がら鋭い、邪気のない大きな眼であるが、戦争が終ってから外地の刑務所内で死と直面した倉の両眼には、一色に想像できぬ、底冷えした光りが蔵されている気がした。

「しかしその弁護士は偉いね。アメリカ人だろ。よくそこまで熱心に調査して弁護してくれたもんだな。我々の常識じゃちょっと考えられないね」

「そうなんだ。ともかく死刑になった連中はアメリカじゃ勇士なんだからね。そりゃアメリカの世論はうるさかったわけさ。勇士を処刑した以上、我々も死刑にしろと言って、どうしてもきかなかったんだそうだよ」

何度も話してしまって興奮も感じないのか、倉は淡々と語った。

「そのアメリカ兵を処刑するまえに、死刑はなんぼなんでもひどすぎるだろうと、僕と法務官が東京へ電報打ったのさ。東京じゃ一部には反対もあったらしいんだが、大勢《たいせい》で死刑は決定してたんだな。運良くその問いあわせの電報がめっかってね。検事は、我々が裁判なしで処刑したと断定してたんだがね。ところがその裁判の記録も残ってたしね。その弁護士というのは実に熱心な男でね。飛行機で日本へ飛んでかえって、方々馳《か》け廻ったわけさ。そのアメリカの飛行士の爆撃の状態なんかも詳しく調べあげてね。その飛行機に脚を銃撃されたお婆さんまで見つけ出してさ。彼がいなけりゃ、我々はみんな危なかったわけさ」

一色が上海で勤務した印刷会社の同僚、庶務主任をしていた花本が、その夜は倉と同道して来ていた。やり手で評判の花本は、きまじめな倉と小心な一色の対談を、人を小馬鹿にしたふてぶてしい笑いで見守っていた。

倉の出獄前、一色の家を訪ねて来た花本は「倉さんもえれえ目に遇ったな」とアッサリ言った。青年時代は行動的な社会主義者だった花本は、やくざ仲間にも入り、土方や運転手の経験もあり、インテリの神経質、ことに不徹底に良心家ぶる態度を何より嫌い、自然、言葉づかいにもそれが出ていた。花本は一色より七、八歳年長で、険のこもったギョロリとした眼は、軍や大使館や警察、権力者群の本質を自分流に見抜いていた。権力層の内臓にスルリとすべりこんで、その血のめぐり、神経の伝導を見はからっては密着する術も心得ていた。一色は倉を安全地帯としてすがりついたが、花本はこの大尉を無慾な正直者として利用した。

「上海人は悪いには悪いが、役には立つさ」と花本は、半植民地化したその頃の上海で成長した中国の青少年を批評していた。「どんな仕事でも、頼めばかならずやってのけるからな。第一仕事が速くてたしかだよ。そのかわり悪いことは悪いけどな。そのくらいじゃなきゃ物の役には立たんもん」その観察からすれば、一色はまちがいはないがまるで無能な人物、倉はせっかくの能力の使い途を知らぬ男と断定され、今度の倉の災難も、だから人間はマゴマゴしていりゃどんなことになるか知れたもんじゃない、力や智慧《ちえ》はそれを防ぐためにあるのさ、と結論されているにちがいなかった。

「あのひと何だかこわいみたいなひとね。ほかのお友だちとはちがうわね」と一色の妻がもらした心情は、敗戦後も自分の人間論に自信を失わず、その線に沿って適当にエネルギーを発揮している花本の肌ざわりを、女らしく感じとったものと言えた。

「僕もパージだから教師にはなれんし、ちょっと困ってはいるんだ」と倉は、あまり困ったらしくもなく、最後に言った。

「なあに何とかなるもんだよ」と花本は木彫りの羅漢のような大きな顔をつき出して鷹揚《おうよう》に言った。「さっきの話ね。あれ倉さんにはむかないかもしれないけど、当分おやりなさいよ。今まで苦労してたんだから、これからは少し楽もしなけりゃ」

「僕としてはあまり不なれな仕事はやりたくないんだがね。他に途《みち》がなけりゃ、花本君のお世話になるつもりだけどね。入ってるあいだに、洋書は大分読んだんだよ。実に面白いんだな」倉は二人の知らぬ外国の歴史学者の名を挙げたりして、世界史に関する彼の獄中の熟考を生き生きと説明した。

「僕にとっては自分が戦犯として投獄されるなんてことは思いもかけない、驚天動地の大事件だよ。一生涯の大問題さ。だけどこれは歴史的にはいつの時代でも絶え間なくあったことなんだな。支配者が交替するときもそうだ。国が亡《ほろ》びたり、民族が消滅したりするときもそうだ。ある宗教なり、ある思想なりが、自分の敵を打ち破ったときもそうだ。破られた方に犠牲者がでるのはあたりまえの、なんでもないことなんだな」

「そりゃ、まあそうだろうな」理論めいた話のきらいな花本は、明日のはげしい商売に関わかった。

係のない倉の悠久がかった説に、いいかげんに調子をあわせている、それが一色にはよく

「権力があっけなくつぶれて、価値がガラリと一変するんだ。今までの絶対者が一文のねうちもなくなり、善人だと思いこまれていた奴が、実は極悪人《ごくあくにん》ということになる。つまり危機だね。全般的な危機だね。これが西洋ではいろんな歴史学を生んでるんだな。そういう危機を実感できない学者なんて、学者じゃないんだな。歴史学はだから、そういう危機に追いこまれたときの、人間らしい祈りであり、呪《のろ》いでなくちゃいけないんだ。それのない純粋の歴史学なんてあるわけもないんだよ。僕も戦犯になったおかげで、それだけは身にしみてわかったよ」

パージにひっかかって、戦後の日本で生きて行く、しかもどす黒い世渡りのできぬ学者として研究をつづけようとする、その倉の念願を痛ましく瑞々《みずみず》しいものと一色は感じたが、その世界史論にすぐついて行く興味は湧かない。その点で彼は花本と共通していた。

一色は先刻倉が語った死刑執行の一場面を、気味わるく油の光る色彩あざやかな古い泰西名画のように、内心の黒い額ぶちの中で思いうかべているだけであった。ある刑務所では絞首の刑は、五階の一隅で執行するという話であった。首に縄を巻かれた犯人の足の下から踏板がはずされる。そのバタンバタンと陰にこもった板の音が附近の監房まできこえるという話は前からきかされていた。五階で執行される場合、すでに屍《しかばね》と化した犯人の

身体《からだ》は、そのまま地下室まで一直線に落されるのだ、と倉は語った。どのような仕掛になっているかわからぬが、戦犯の硬直した五体は、赤い煉瓦《れんが》の壁か、ザラザラした灰色のコンクリートでかこまれた穴の中を、垂直に落下して行くにちがいなかった。セメントや煉瓦や石や、漆喰《しっくい》や、その他無機物の匂いのみちた、しめっぽく暗い、長い長い穴を、五階から地下室まで、ただひとり空気を切って落ちて行く屍。何物にも見られることなく、何物をも感ずることなく、こわばった物質となって落下して行く、その名も知れぬ屍のかたちを自分の肉身にハッキリ感じて、一色はまるで宙に浮いて速力を増して行くのが自分自身であるかのような錯覚にとらわれるのであった。

「上海では鉛のことやなんかで、いろいろ倉さんには世話になったからなあ。多少恩がえしをしなけりゃね」と花本は、ザックバランの口調であるが、底意を見せぬ表情で言った。

「鉛か。あれで君は儲《もう》けたんだってね。僕の方はちっとも知らんどったのに」

「だって内幕を話しちまったら、倉さん承知しないにきまってるからな。早いとこ黙ってやっちまわなきゃ」

「ひでえ奴だよ。花本って男も」と、当時を想い出して倉も苦笑した。

蘇州《そしゅう》にある鉛を上海まで運搬する。ただそれだけのことで莫大《ばくだい》な利益になる時代であった。印刷会社で活字に苦労していた花本は、その原料の獲得に、軍の力を借りる計画をたてた。話をつけやすい、組しやすい人物として彼は倉大尉を選んだ。国家的な名目をつけ、あくどいやり口さえしなければ、私慾のない倉は、むずかしい注文もつけず、親切に尽力してくれる。一色がその倉と友人であること、それに目をつけた花本は簡単に成功した。

「鉛さえありゃいいんですよ。ねえ、活字がなきゃ文化政策もへちまもないじゃないですか。今の軍の宣伝物をごらんなさい。だらしがない、あんな汚い印刷で誰が読みますか。放っておけば、あれだけの鉛を誰が利用するか知れたもんじゃねえ。わたしの方は今期のプランが遂行できるだけありゃいい。あとはあなたの方で使用すればいいんだ。軍の幹部は案外頭がわるいんだなあ」と彼はくどいた。

貨車三台が倉のあっせんで、蘇州に廻された。倉に打ち明けた数の倍量の鉛を花本は秘密にその貨車に積載した。上海での荷おろしの日、飲みすぎた花本は胃けいれんでうなっていた。代理で北停車場に急行した一色は、引込線に並んだ沢山の貨車の列のあいだを馳けまわり、鉛の車を探し出した。軍のトラックが到着する前に、余分の荷を会社まで運び出さねばならない。そのために、車体の下、車輪のあいだをくぐりぬけ、鼠《ねずみ》のようにおびえながら汗にぬれて広い構内を走った。華北との交通が困難になりはじめ、南京《ナンキン》政府の発行する紙幣の価値は、時々刻々、暴落しつつあった。暮しに困った市民は、わずかなもとでを懐中にして停車場に殺到していた。金になる物資を巡警の目をかすめて運搬する、必死の旅行のためであった。眼を血走らせ、黒々と陽焼けした痩せた手を振りあげ、切符売場や改札口で押しあいもみあう群集の間で、ひときわ背の高い巡警たちが棍棒《こんぼう》を振って整理する怒声がきこえた。一枚の切符も手に入らぬうちに疲れはてた男が、よごれた藍衣《らんい》を脱ぎすて、上半身をまる出しにして、灼《や》けつくアスファルトの広場に、グッタリと倒れていた。苦しげに呼吸するたびわき腹が上下する、それが遠くからでもよくわかった。駅前に密集した車夫や苦力《クーリー》は、はげしい労働のあと、汗の玉のほとばしる背を往来に向け、麺《めん》を煮る店の湯気の中に、ムッツリと黙って坐りこんでいた。口ぎたなく罵《ののし》りあうおかみさんや、元気なくしゃがんでしまった栄養わるげな幼児、それら貧民の喧騒と沈黙のあいだを、不正の鉛を巧みに積み終った一色のトラックは、遠慮のない警笛を鳴らしつづけて、会社へ向った。

「もうあんな巧《うま》いことはできないな」と一色は気弱く言った。

「そうでもないらしいじゃねえか、上海の仲間じゃ一色が一番残してるといううわさだぜ」からかうように花本は言った。

「しかし、いくら花本君でも、もうあんなボロイことはやれんだろう」そう言う倉は最近の花本の動静をまだよくのみこめていないのであった。

「あたりまえですよ。こっちは食うにやっとなんだから。日本人は今のところまるで権力を持っていないんだからね。いくらジタバタしても権力という奴がなくちゃね。軍人たちの意気地のないこと、一たん権力がなくなりゃあのざまだからな。しかしそのうち、どこかに権力もできるだろう。そうすりゃ、それに結びついて何でもやれるさ。それまでおとなしく食いつないでおくことだね」

権力というものは、それを失ってしまってから、その大きな重さが身にしみて理解される。ことにその中枢部にタッチしていないで、その周辺で無意識のうちにささやかな分《わけ》まえにあずかっていた者は、権力と自分との結びつきに、それが喪失してからはじめて気づくらしい。そう悟りかけている一色は、三人三様の自分たちの運命に、とまり木を失った鳥がめいめい強風にはばたいて行く、その頼りない、ぶざまな羽音をきく想いがした。

「あんた王君《ワン》に会ったかね」花本が帰ったあと一色と枕を並べて寝床に入った倉はそうたずねた。

「王君て、米統会にいた王君ですか」

「あれ日本に来てるらしいんだがね」

「だって王は漢奸《かんかん》でつかまったんじゃなかったかな」

「僕もそう思ってたんだけどね。東京で遭《あ》った奴がいるんだよ」

「遭ったのは誰ですか」

「僕の上官だがね。Oという少将でね。上海で彼のめんどう見てたんだ。王は結局、隠れて逃げまわってるわけさ。漢奸だからね」

「漢奸」という言葉を帰国以来、一色はほとんど耳にもせず、口にもしていない。終戦後の上海ではこの二文字は、白く厚い皮をブラブラ揺らせて運ばれて行く豚の屍の、深紅の血に汚れた切口のように、どのような喧騒の街頭でも、静寂の密室でも、人々の感覚にからみついて離れなかった。それは日本の日常で聴く「戦犯」の二文字より、はるかにどぎつい色彩と堪えがたい臭気をおびて伝えられた。許しがたい悪、スパイ、裏切り、奇怪な非人間的な異物、その他あらゆる怖《おそ》るべき内容を充満させて、それは凝結していた。中国の市民である以上、その醜い像のかたわらを、何らかの身ぶるいに似た感情なしに素通りはできなかった。ことにその名を刻印された人々と顔見知りのある日本人にとって、それは特別ねばりつく意味を持っていた。集中地区に入った居留民どうし冗談まじりに話題にしても、口もとがこわばった。

「あんた、割に彼と親しかったんだろう」倉はこだわりのない大声で話した。

「そうなんですよ」

「僕のとこへもよく出入りしてたんだ」

隣室の妻がどのようにこんな会話を聴くか、倉についてと同様、王については全く打明けていないため、妻の緊張は一色に想像できた。

王は日本留学時代から頭脳明晰で有名な青年であった。弁舌に巧みで、政治的な動きもすばやかった。「あれは今に大物になる。大臣級の人物だ」そう想いこんだ日本の政治家もいた。一色は王が上海の青年グループを糾合《きゅうごう》して発行した雑誌の印刷をひきうけた関係で、彼の行動には詳しかった。上海で就職するとすぐ日本の貴族院議員に全部、葉書の挨拶状を送ったりする王の派手なやり口は、才能をほこり功をあせる被占領地区の或る種の青年のタイプを極端に示していた。色白の美青年でやや肥満していた。日本文の論説で、日本の歴史学者と論戦できるほど、日本語が達者であった。

王のようやく手に入れたアパートの一室を、日本の浪人が軍の力を借りて横どりしようとしたことがあった。王に招かれた中国人だけの宴席で、その話を一色はきかされた。

「実にひどい。これじゃ大東亜も何もありゃしない。まるでゴロツキじゃないか。口で日華親善っていくら言ったってダメですよ」興奮で、いつもは蒼白《そうはく》な顔を紅潮させ、どもるように王は言った。「僕のように日本に対して理解のある知識人に対してこんな態度をとるとは何ごとですか。実にけしからん」

一色はすぐその場で倉大尉に電話して、何とかならぬものかと相談した。電話一本で話がつくとも思えないが、王の剣幕がすさまじいので、儀礼的に仲介の労をとったのである。

「その日本人のあとおししてる男は誰かね。え、少将？　閣下か。閣下じゃ困ったな」

倉はとまどいながらもその依頼をひきうけた。後に戦犯裁判のさい、アメリカの裁判官に対しても、弁護士と接触しても、少しも卑屈にならずに冷静に答弁した倉の確固とした態度、それはその頃の将校仲間でもうけが良く、上官も一目置いていたため、倉の要求は通過した。そして王はアパートを立ち退かずにすんだ。

「ああ、あの靴ね。僕が今はいてますよ。倉さんには無断だけど」王の話の途中で、想い出したように一色は言った。

「靴って、何の靴かな」

「あなたが御礼に王から贈られた白靴さ。僕があなたが捕まる前に頼まれていたあなたの荷物の中に入ってたんだ。丁度よく合うんでね。黙って使っちゃったよ」

「ああ、あれか。なんだ、かまわんさ」

数年の重労働、それに死刑の影と闘って来た倉にとり、もらった靴一足が記憶の外に消えているのも無理はなかった。しかし一色にとってその靴は、自分の精神のどこかに附着したしみ、そこからジュクジュクとにじみ出る気色《きしょく》のわるい液体、そんなものとつながっていた。

倉は部隊が集中営に入ってから二カ月ほどして、中国側の刑務所に移された。その直前、町へ連絡に来たついでに彼は一色の部屋を訪ねた。倉自身はすでに充分覚悟していたであろうが、彼が戦犯で入獄しようなどとは一色は想像もしていない。彼と米人処刑事件との関係も知らなかった。

「荷物がフランス租界にあずけてあるから、何とか取ってきてもらえないかな」と倉は相談した。

日橋《にっきょう》は集中地区外に出ることを禁止されている。まして集中営内の軍人の軍服での外出は不可能である。一色のもとへは終戦後も同じ会社の中国人が出入していた。それらの人々に依頼すれば倉の望みをはたしてやるのは容易である。「それじゃ頼むよ。いずれ僕が取りにくるから、ここに置いといてくれればいい」その時の倉の虚脱と緊張の入りまじった態度を、たんに軍に直属する傷心の人々の一般的あらわれと一色はうけとった。荷物が租界からとどけられて二、三日すると、倉入獄のニュースが友人によってつたえられた。そして一色ははじめて預かった木綿風呂敷の包みをほどいた。背広一着、シャツ類三枚、それに例の白靴が入っていた。

友人の戦犯決定はもちろん一色を驚かした。しかし陽の光の射さぬ狭い裏部屋で、ま新しい上質の靴の重さを掌に感じているうち「この靴はいいな、東京へ持ち帰ったら」という思案が明確に浮んだ。「こんな靴は向うでは手に入れにくいだろうな」それは実にクッキリと、暗い壁に流れ込む一筋の夕陽のように動かしがたく浮びあがった。道義感より先に恐怖感がおおいかぶさる敗戦後の居留民の日常、ことに地区内に集結する途中、ほとんど全部の所持品を浮浪《ピセ》の少年群に奪い去られたあとである。それにしても、その自分の思案は一瞬、一色を不快にした。「これ以上の軽薄さはないな」舌打ちしたいばかりにそう感じた。しかし四、五日するとその反省を忘れ、三カ月後には、引揚荷物の中へその靴をくるみこんでいた。

夏だけしか使わぬその白靴は底もさして痛まず、今年もはくつもりでいる。その正当の持主である倉が出獄し、その上その贈り主である王が意外にも東京にいる。そのことがやっと越して来た長いぬかるみの路を、もう一度歩かねばならぬとふりかえる時に似た不安と疲れを一色にあたえた。

「上海の新聞に逮捕されたと出てたけど、デマだったんだな」と一色はつぶやいた。

敗戦決定後、勝利者としての重慶あるいは延安系統の出版物の一せいに噴き出しほとばしらせた激烈なことばが想い出された。赤々とかがやく歓喜と、黒々と盛り上る憎悪が、在留日本人および、その機関と協力し、それに使用されていた中国人たちを、風にはためく青天白日旗、壁に貼られた新聞、街角で売られる週刊雑誌、各地からの放送番組によって、おびやかしていた。眼をそむけても耳をふさいでも、それから逃れることは不可能であった。「日本人はこれから先どうなるとどうなると、自分たちだけ騒いでいるけれど、使っていた僕らのことはちっとも考えてくれない」印刷会社にはたらいていた上海青年は、蒼《あお》ざめた頰をひきつらせて一色に語った。怨《うら》めしさと恐怖が、そのこわばった身体のうごきにむき出されていた。

王はその年の春、すでに江南の一都会に去って、上海にはいなかった。もし上海にいたら、その上海青年と全く同様のことばを一色に向って吐きかけたにちがいなかった。王の勤務していた米穀統制会は米価の暴騰にくるしむ上海市民から怨まれていたくらいだから、農村のこの機関に対する憎しみはもっとはげしい。ことに王はその小都会の自治委員会の会長も兼ねていたというから、辣腕《らつわん》な男だけに、漢奸に指名されるだけの行為があったことは充分に想像された。軍の援助でできた自治委員会は、司法権もあたえられ、抗日農民を銃殺したとつたえられているから、八月十五日以後、王がその昔日の権力をそっくりそのまま罪悪の重量として、死を以てつぐなわねばならぬ運命におち入っていることは確実であった。

「あぶなっかしいひととは、あんまりつきあわない方がいいわ」倉が一泊して帰ったあと、年寄りじみた注意ぶかさのある妻は、一色に言った。「こういう時勢にはよっぽど気をつけないとつまらない目にあうもの」

農村にいる左翼の友人が食糧デモのため上京して一色の家に四、五日滞在したときも、妻は同じような忠告をした。

「王のことか。まさか倉のことじゃないだろうな」妻に言われないでも、イヤらしい警戒心は一色の身内にくまなくひろがっていた。

「倉さんはああいうおとなしいひとだからいいけど。……漢奸とか何とかおっかないわ」

「そんなことはわかってるよ。だけどつきあいはつきあいだからね」

「中国人て腹がわからないから怕《こわ》いわ。王さんてどんなひと」

「でっぷりした美青年さ」

重慶側は漢奸の処罰がわりにてぬるかったが、中共が全土を支配した以上、そのとりしまりははるかに厳重になっているにちがいなかった。王の場合、たとえ台湾にいても東京にいても逮捕の指名手配は行きわたっていると思われた。死はアジアのどこでも彼を待ちうけている筈《はず》だ。

「よくしかし王の奴、今までつかまらずにいたもんだな」

「あなたっていろんなひと知ってるのね。早くつかまっちまえばいいのに」と妻は迷惑そうにつぶやいた。

中流家庭らしい陰気なエゴイズムにまみれた一色夫婦の内輪の会話にもかかわらず、ある日、王は彼等の前に公然と姿をあらわした。まぶかにかぶった黒いソフトと厚地のレインコートも雨滴でぬらし、上品な紳士風の物腰で王はひっそりと玄関に立っていた。

「田中さんという方が」と妻がとりついだ時、それが王である予感が一色を襲った。うすら笑いをうかべて一色にも「田中です」と挨拶《あいさつ》し、妻の前ではあくまで日本人で押しとおそうとしていたが、妻はすぐそれとさとっていた。ゆったりした、おとなしい日本語を使ったが、語尾などのなまりは争えなかった。

妻が席をはずしているあいだの小声の会話で、王が日本人になりすましているのは、華僑の密告をおそれてのためとわかった。

「華僑のなかには僕の顔を知ってるものがあるんでね。僕の敵もいるしね。ほんの二、三人だけど、華僑なかまにはすぐいろんなことが通じてしまうんでね」

戦時中の上海でも、日本人有力者の間を巧みに泳ぎまわる必要上、王の眼は神経質に相手の表情をうかがったが、その日の王は疲れのにじみ出た顔にことさら平静をよそおって、やはり鋭く一色の動作や言葉づかいを観察し分析していた。重苦しい逃亡生活が、小じわのよった眼じりや、すぐ苦笑でゆがむ口のわきの線、それから坐ったまま音のせぬように後じさりするそぶりにしみついていた。顔色も黄ばみ、黒ずんでいたが、栄養はいいらしく、皮膚には中国人らしい光沢があった。高めもせず低めもせず、一様の音階でつづける言葉、そのあいまに具合よく入れる鷹揚な笑い声の裏には極度の緊張がかくされていた。あけすけな倉の、明るく明確な態度に接してまもなくのことなので、一色は王の暗い複雑さを強く感じた。気のせいか、あけはなたれた窓の外の動静、ちょっとした街路の人声や物音にも気をくばっているように思われた。

「華僑か。華僑も本国がああ変ってきちゃ大へんだなあ。看板の塗りかえをしなけりゃならんからね」と一色は、こちらからは相手の暮しぶりは一切質問せずに、その出かたを待っていた。

「そうですよ。みんな商売人だからね。華僑と言っても、多くはもとの満州国人や台湾人だからね。あまり大きな口もきけないわけですよ」そう言うとき、おだやかな紳士風の装いの下の、追いつめられた犯人らしい意地悪さが、苦笑の端にチラリと出た。だが細心な王はすぐそれをかくした。

「日本人もだらしがないじゃないですか。いくら負けたと言っても」と、一色の内心の弱みをまさぐるように、強気らしい断言で自分の不安を飾ることもあった。「中国じゃどんどん負けて来てもゲリラ戦やなんかでガンバッタがね。日本人はゲリラ戦もやらんで、へいこらしてるね」

「しかし日本は国が狭いからだろう」

「狭いなら英国も狭いじゃないですか。日本人はダメとなったらダメとあきらめてしまう。もう少し執念ぶかくしたらどうかね」

「執念ぶかいのがいるらしいよ。またもとの軍人の支配する国にしようとしてるのがね」

王につられて一色も、身につかない論客らしい意見をのべた。

「あんたはどうかね」とニヤニヤしながら王はたずねた。

「僕はもう戦争はごめんだよ」

「ごめんでも戦争は起きるよ。起きるにきまってるよ」と王は自信ありげにおしかぶせて言った。

「……ともかく僕は血なまぐさいことはもうイヤだよ。怕《こわ》いよ。いろんなむずかしいことにかかわりたくないね。そっとしておいてもらいたいよ」

「まさか、あんた共産主義になったんじゃないだろうね」

王はねばりつくような視線でジッと一色を見守った。それはどす黒く、冷たい光りのある視線であった。

「そんなあぶないものにはなりっこないよ」と一色が気軽に答えても、王は疑ぐりぶかく

「そうかね」と正面にすえた眼をそらさなかった。

華僑にさえ近寄ろうとしない王が訪ねて来た以上、一色を昔どおりの仲間とみとめてのことにちがいなかった。一色はもとより彼の仲間でありたくなかった。思想的な反撥からではなく、危険から身をよける本能からである。いくら無反省な一色でも、被占領地区の中国人の間に漢奸をつくり出したのは、自分たち日本人の一部の者だということは理解している。間接的にではあるが自分個人にも責任がある。一たん彼等との間につけられた関係は、いくら一般の記憶がうすれても、完全に消え去るはずはない。倉の場合には、一色が同じ立場に立てば倉と同じ運命におち入ったと判断される。仕方がないと思う。だが王の場合には、一色は中国人であったと仮定して王と同じ行為を自分がやったであろうとは考えない。王のようなあくの強さがこちらにないからである。民族の裏切者として処刑される危険をおしきってまで野望をのばそうとするエネルギーも厚顔も、一色はそなえていない。しかしかつてあった王とのむすびつきは、それがごく一時的な偶然なもの、自発的でないものだとしても、その頃の一色のどちらにでも傾きやすいあいまいきわまる暮しぶりの証拠として今日まで明らかに残っていた。漢奸、裏切者、国を売る徒輩、そのような者に一色とてもなりたくない。それらの呼び名は、厭悪《えんお》の身ぶるいと、恐怖の閃光で一色

をおびやかす。だがそれらの者を叩きつぶす行動をしなかった以上、一サラリーマンが国際的犯人王にたよられるという思いもかけぬ事態も起り得たのであった。

「ともかくいいかげんで帰ってくれればいい」一色は鈍い不安の中でただそればかり思った。

「今の家の家主が僕をへんな男と気がついたらしいんでね。至急どこかへ移りたいんですよ」

来訪の目的は安全な住居をさがすことらしかった。少しでも怪しまれると場所をかえ、関西から北海道まで歩きまわっていた。秘密に日本人にやらせている商売で、どうやら食いつなぎはできる。ただ時間をつぶすのに困るのだ、特に昼間はおちつけないと王は告白した。小雨のふる日曜の午後、一色の家の二階の一間に坐りこんで、なかなか起ち上ろうとしない理由もそれらしかった。

「ちょっと睡らしてもらいます。あなた用事があったら、かまわんからやって下さい」部屋や外部を見まわしてから、適当と判断した場所にねそべると、王はあおむいて眼をつぶった。でっぷりと光沢のある、智慧のするどそうな顔が、そうやるとたちまち死相をおびて生気を失い、たまりたまった疲労と苦悩がありありとうかんだ。こんな生活を毎日、とてもたまらんだろうな、と一色は思った。

「あのひとの靴でしょう？　あの白靴」階下へおりると妻は眉をひそめてささやいた。

「そうじゃないさ。倉が彼から贈物にもらったんだよ」一色は不機嫌に言った。

「だからまあ、あなたがあのひとからもらったようなもんじゃないの」

「そういうことになるかな」

「晩御飯は？」

「いいだろ。もうじき帰るだろうから」

　部屋探しをもう一度依頼して王が起ち上ると、一色も一緒に外へ出た。買物をする駅まで十五分ばかり、その路をつれだって歩くつもりだった。王は周囲を見まわさず、下うつむいて足ばやに歩いた。広い通りへ出ると一色は、向う側の交番の前の公衆電話のボックスを指さして「ちょっと電話をかけてきますから」と言った。王はかすかにギクリとした。「すぐです」そう言い置いて一色は道路を横ぎった。電話は少してまどった。ボックスを出ると、既に王の姿がもといた側に見えなかった。音もなく空気中に融け去ったかの如くである。少し探したが見あたらず、駅まで歩いても遭わなかった。はげしい人通りの中にたたずんで顔をさらしているのを恐れたのかもしれなかった。もしかしたら密告でもされると疑ったかな、と一色は思った。雨上りの六月の夕方はむされるように暑く、王の姿の見えない広いアスファルト道路は、妙に意味ありげな空間のように重々しく彼をおしつけて来た。

　花本が訪ねて来たとき、一色は王の出現を告げた。

「惜しいことしたじゃないか。住所もきいとかなかったのか」と花本は勢いこんで言った。「俺ならすぐ自分の家へ置いてやるがな。あたりまえさ、窮鳥ふところに入れば猟師もこれを捕らずじゃないか」彼は元気よく笑った後、考え深げに言った。「王は金を持ってる筈だよ。やっと食いつないでるなんて、そんな馬鹿なことあるもんか。料理屋に名義を貸すだけで奴等みんな儲けてるんだから。今度来たら俺んとこに連絡するようによくそう言っとけよ。商売の相談したいから」

「だけど今の王に大きな商売やる気があるかどうかかな。それより恐怖の方がひどいらしいからな」

「そうか。だめかな。倉さんじゃないけど奴には獣の徽章《しるし》があるからな」

「そうだよ。獣の徽章だよ」と一色は低い声で言った。

あの夜の倉の西洋史学に関する話の中で一番頭にこびりついている言葉であった。聖書など読んだこともない一色であるが、バイブルのその一句が強い薬液を塗られたように消えなかった。花本も冗談にそれを使うところを見ると、彼らしくもなくおぼえているにちがいなかった。

　黙示録によると、かつてこの世を奇怪な形をした巨大な獣が支配したという話であった。誰一人としてその強力な獣の権威にさからうことはできなかった。その獣の像を拝まぬものは殺される。人民は老若男女、富めるも貧しきも、右手あるいは額に獣の徽章をつけられる。この徽章のないものは商売もできぬし、生活もできない。したがって生きのびようとするかぎり、人々はみな仕方なくこの徽章をつけて暮した。ところがやがてこの怪獣よりさらに強力な天使があらわれた。彼は獣を打ち倒す。天使も獣と同様に絶対の権力者である。天使はかつて獣の像を拝し、獣の徽章をつけた人々はことごとく滅亡せねばならぬと宣言する。そして神の怒りを行使して、すべての獣的残存物を焼きつくし刈りつくしてしまう。

「実に深い意味があると思うな」やや苦しげに口ごもりながら倉は言った。「実に徹底した思想だな」

「あんまり深すぎて困るよ」と花本はいまいましげに苦笑した。「そう徹底されちゃかなわんよ」

「だけどそれじゃ生き残れるものはほとんどないことになるな」と一色は呆然として言った。「だって獣の時代には獣の徽章をつけなけりゃ殺されたんだろう。だからつけて生きのびたんだろう。そこへ天使が出て来て、その徽章のあるものは全部殺しつくしてしまうとすりゃ誰がのこるんだろう」

「聖徒だろうな。獣に反抗した聖徒だろうな」と倉は答えた。

「聖徒以外はだめなのかな。全部亡びるのかな」

「だめだろうな」と倉はかなり暗い調子で言った。「黙示録によれば、獣の像を拝んだり、その徽章をつけた者はともかくすべて許されないんだからな」

「しかしそれじゃ、あんまりひどすぎるな」

「ひどいものなんだろうな。歴史というものはね。だから歴史の審判というものは厳粛なんだろう」

「そりゃ厳粛かは知らないけれど」もちろん三人とも、戦犯や漢奸、自分たち敗戦国民と世界の裁きという問題で「黙示録」の古い教訓を、めいめいの肌になまなましく感じての会話であった。その会話が漂わす尋常でない臭気は、互いの口から吐き出す息を濁らせ、あたりは強い一種の光線につつまれて、相手の内心のひだや孔《あな》まで照し出されるのをおぼえた。花本は「それにくらべりゃ国際裁判とかパージとか、あんなものはちょっとした申しわけみたいなもんだな」と強《し》いて快活に話の腰を折ろうとした。だがその花本でさえ一種の苦渋がその負けぬ気の顔を流れるのをかくすことはできなかった。それ以来、一色は自分というものが、ガラス張りの標本箱の中にピンで貼りつけられた蝶のように、それらの言葉で釘づけにされ、羽根の色模様や足の毛の数、何類の何科の何種まで決定され分類されてしまったように感じている。勿論箱のレッテルには獣の徽章がハッキリしるされているはずだ。

　それっきり王は一色のもとを訪れなかった。台湾へ行ったとのうわさも伝わったが、それも不明だった。花本は社会主義の政党に入り、めざましい活躍を開始していた。あの実行力とあの勇気があれば成功はまちがいない、花本はおそらく新しい権力をつかむ途を発見したのであろう、と一色は思った。危険人物の出入りの全くとだえたこの頃では、妻も一色に忠告する材料がなかった。ただ夫が時々、日曜の白昼、縁先に坐りこんで、自分の右の掌を見つめたり、額をなでたりするくせのついたのをいぶかしがるばかりである。徽章をつけなければ殺される、しかしそれをつけていれば次の時代にはそのために殺されるだろう、この難問を一色はいまだに解決していない。白靴の底はすっかり新しくして、今では誰からどのようにしてもらったか想い出すこともあまりない。

女帝遺書

——思えば永いことであった。わたしの一生ももう終りらしい。高祖の妻となってからこのかた、一日として心のゆるむ日はなかった。南に走り北に争い、親は子を失い、妻は夫に別れるは戦国の習い、まして王者の妻たるわたしに心のゆるむ日のあろうはずもない。心のゆるむ日は最後の日。やすらかに眠る日は最後の日。それまでは烈《はげ》しい争いがつづくのじゃと思い定めている。その最後の日もはや近づいたものと見える。この頃は日夜心のゆるみ行くのを覚える。高祖なきあとのきびしい太后《たいこう》生活もいよいよやめねばならぬ時が来たのであろう。

三月には厄《やく》よけの祭事もしたが、かえって身体は弱ってきたようだ。あの日は黒い犬のようなものがわたしの身体のそばをかけぬけて行ったのだが、それ以来身体が痛んでならない。もう物の怪《け》が眼にちらつく年になったか。趙王《ちょうおう》の祟《たた》りじゃと——師は言うたが、そんなことでもあろう。殺したものの数は多いから、何も趙王にかぎったことでもあるまい。たたらばたたれ。殺されたものが殺したものをたたるは何の不思議もない事じゃ。人間のたたりなどはみな知れたことよ。殺されてから祟るだけしか出来ぬ意気地なし故、みんなこのわたしに殺されてしもうたのじゃ。あわれなやつばらよ。

ただ不思議なのは天の事じゃ。天の不思議ばかりはわたしも手をつかねて見守るより致しかたない。己丑《つちのとうし》の日の日蝕のことは今だにありありと眼に残っている。昼日中のこと。輝きわたる太陽がみるみる黒く欠けて行く。大地も宮殿も音もなく暗くなり、大蝙蝠《こうもり》の羽の下にかくされたようになるのじゃ。空の色も次から次へと変って行く。気味悪く鈍い光のみが隠された太陽の周囲に動いている。その時になっては地の上のものはすべて光を失ってしまう。刀剣も光らぬ。金銀も宝石も光らぬ。鼎《かなえ》の文字、石碑の文字ももう見えなんだ。力あふれる将軍の姿も、花にもまごう姫達のかんばせも、みな暗《やみ》に沈んでしまうのじゃ。誰もかれも空のみ見つめている。権力を争った家臣達もあの時ばかりは何もかも忘れて、三ツ児のように空を仰いでいたわい。呂太后《りょたいごう》を倒せ、呂氏一族を倒せと、策をめぐらしている将軍どもも、あの日は策を忘れたに違いあるまい。強さを誇ったものどもも、この世のことはうち棄てて、あれよあれよと黒く燃える太陽を眺めおったわ。しかし誰よりも深くあの日に不思議に心打たれたのはほかでもない、このわたしなのだ。将軍でもない姫でもない。田を耕す黔首《たみ》でもない。牢につながれた罪人でもない。このわたしが一番強くわが身に感じ、おそれたのだ。それはわたしが漢の支配者であるからだ。天下を支配する女だからじゃ。善にもせよ、悪にもせよ、六合《りくごう》の中にみなぎるもの、みな一身に集めたる呂太后なるがためじゃ。なればこそ天の不思議はわが身一人に示されたものと思われた。

わたしは涙も出ないほど悲しかった。気の遠くなるほどおそろしかった。青白く燃えて中天にかかる不思議な太陽を眺めたまま、手足も動かさず、金を鋳てつくった像のようになっていたのじゃ。しまいには悲しさも、おそろしさも感じなくなった。呆然《ぼうぜん》として心はうつけたままにしずまった。漢の世は安定している。われ呂太后の勢威は絶頂にある。呂氏一族は富みさかえている。殺すべきものは殺しつくした。敵はおそれ服している。その時、この異変が空にあらわれたのじゃ。この異変は誰に示されたのか？　天は誰に示すためにに日蝕をあらわしたのか？　言うまでもないことじゃ。天の啓示をうけるもの、それは漢の支配者、われ呂太后以外にはあるまい。さらばいさぎよく天の啓示を受けよう。天の異変をわが身に感じよう。啓示を受け異変を感じ、悲しみつつ、恐れつつ、わが想いをたぐり寄せることにしよう。そして最高の権力者として、おごそかにおのれの言葉をしるすことにしよう。さらに天の異変を惹《ひ》き起した女として、あからさまに最後の言葉を書きしるすことにしよう。いでや戦国の世に万人をおそれしめた呂太后の胸のうち、はるか後の世の人に語ることにしよう。

およそ戦国の世に生きる者は智慧なくてはかなうまい。生きるためには智慧が必要。殺されずに生きながらえるためには智慧なしにはすまされぬ。殺されぬためには殺すこともせねばならぬ。人を殺すにも智慧が大切。一人を殺すも万人を殺すも、殺すに変りはない。

万人を殺すのを得意とする秦《しん》の始皇や楚《そ》の項羽《こうう》のような男もいる。一人を殺すのを得意とする遊俠《ゆうきょう》や力士もいる。こんな豪傑どもの輩出する世の中に、智慧もなくてなんで生きる路があろうか。

智慧というても大きなもの。ことに戦国の智慧の深さは量《はか》り知れぬ。語ってわかるものでもない。蘇秦張儀《そしんちょうぎ》、遊説の士も智慧である。孔子孟子、道徳の士も智者である。君子もとより智、されど巌穴の士も智である。大なるかな智や、語ってつくされるものではあるまい。力を得るも智慧、力を負かすも智慧、智慧をみがくも智慧、智慧をないがしろにするも智慧。智は流れてつきざるもの。智者は水の如くとどまらざるもの。流れるものをとらえ、とどまらざるものをとどめる、人としてこれほどむずかしい事もなかろう。智を語るはむずかしい。われ呂太后にしてなお一斑《いっぱん》をもつくせはせぬ。だが、つくしがたいもの、きわめがたいもの、それが一番人の心をひくのじゃ。

わたしは生れた時から貧乏の苦しみはよく味わっている。飢えの苦しみも知っている。田に働く苦しみも知っている。ことに夫の劉邦《りゅうほう》は酒ばかり飲んで大言壮語するなまけものだったから、金銭の苦しみは人一倍多かった。金銭に苦しみ、貧乏に苦しむうち、いつも心に浮ぶのは陶朱公のことであった。陶朱公とは越《えつ》の范虫《はんちゅう》のこと。越の大臣范虫が、敵国呉《ご》をほろぼし、功成り名とげた後、舟に乗り、海に浮び、他国に去って巨万の富をかさね、悠々自適して自ら陶朱公と呼んだ。その陶朱公が、わたしには羨《うらやま》しくてならなかった。大臣となったのも羨しい。他国に去って悠々自適したのも羨しい。しかし一番羨しかったのは、あの男がやすやすと巨万の富をつくりあげたことである。なにしろ二人の子までなした夫は酒飲みの貧乏小役人。その日その日の暮しに追われていたわたしには、そんな気持が去らなかった。父が見込んで嫁入りした夫であるが、朋輩からは馬鹿にされ通し、その上当人は平気でなまけてばかりいる有様に、いつも范虫の智慧の万分の一でも夫にあったらと、そればかり心に念じていた。巨万の富を得たい一心で、たえずわたしは陶朱公のやり方を研究した。人からきいた物語で、陶朱公の智慧を学ぼうとしたものだ。今考えれば笑止なことじゃが、当時のわたしは夢中だった。しかし今想い起してみても、陶朱公范虫の智慧には底の知れないところがある。考えても考えても及ばない深さがある。あの智慧こそは戦国の智慧かも知れぬ。殺されずに生きる智慧の根本かもしれぬ。巨万の富を得るためのみの智慧ではない。終りを完《まっと》うする大人物の智慧にちがいない。つくしがたく、きわめがたい戦国の智慧を語るため、わたしはまず范虫の智慧の物語をしるしておこう。

海に浮んだ范虫は斉《せい》に行き、姓名を変えて鴟夷子皮《しいしひ》と名のった。海のほとりで農耕をはじめ、勤倹力行、親子心を合わせて仕事にはげんだため、わずかの間に数千万の財産をつくりあげた。この事を知った斉の人々は彼を大臣として招じた。その手腕を重じたわけじゃ。その時范虫は歎じたものじゃ。「家に居れば千金の財が生れる。官につけば大臣になる。はてさて困ったことじゃ。一人民としてこれ以上福を得ることもあるまい。これではもはや幸福のてっぺんへ登りつめたと言うもの。こんなことはながつづきはしない。久しく尊命をうけて良い気になっていることは不祥である。これではよろしくない」そう言って范虫は大臣の印を返し、財産は知人や隣近所へ惜しげもなく分けあたえてしまった。そしてごく重要な宝だけを持って斉を立去った。それから陶へ行った。

さて陶へ行ってからまた考えた。天下の品物の中で、あるものと無いものを互に交換交易したら、財を積むことができるじゃろう。そこで自分の名を陶朱公と呼び、また一生懸命働き出した。農耕もやれば、牧畜もやる。商売もはじめる。時を見はからっては品物を動かす。そしてそのたびに十に対して一の割で儲《もう》けて行った。そんなことをしているうちにまたもや金がたまって来た。ついに再び富者として天下に知られるようになる。

これまではまだ何の事はない。格別面白い智慧のはたらきでもない。この陶朱公に子供が三人あった。みな男の子供である。末の子は陶で生れた。この末の子が一人前になった頃、次男が殺人罪で楚の牢に入れられた。その時、陶朱公は「人を殺したものが、死刑になるのは致しかたない。これには不服はない。ただ諺《ことわざ》にも、富者の子供は市に死せず、と言う。これは何とか方法を講ぜねばなるまい」とひとりうなずき、まずそのことを末の子に相談した。そして黄金千溢《せんいつ》をもたせて使いにやることにした。黄金は賤《いや》しい人民の衣服雑品でくるんで、牛車に乗せて置く。そして末の子が出発しようとしたが、その時長男がちょっと待って下さいと言う。自分がその使いに行きたいと言うのじゃ。陶朱公は何故か長男の行くことを許さない。そこで長男は「長男の家にあるものを家督と申します。ただ今次男が罪あって投獄され、わたくしではなくて三男が使いに行く。これは家督たるわたくしのふつつかなためでありましょう」と嘆いて、すぐにも自殺しようとする。そばで見かねた母親が「今三男を使者としてやっても、次男が助かるかどうかわかりませぬ。それだのにここであたら長男をなくしてどうなされますか？　長男をおつかわしになられた方がよろしいでしょう」となだめた。

そこで陶朱公も仕方なく長男を使者とすることにした。手紙を書いて、それを荘生という人のもとへもたしてやる。荘生というのは陶朱公の古い友人である。「この男に会ったら千金を贈って、よきようにとりはからってもらいなさい。決してその男にさからってはならぬ」と言いつけた。

長男はやがて目的地に行きつく。父から渡された千金のほかに数百金を自分で持参し、何としても次男を救う決心じゃ。荘生は都の郊外に住んでいる。藜藋《あかざ》の茂った中を押しわけるようにして行くと荘生の家がわかった。いかにも見すぼらしい家。貧乏の様がよく忍ばれる。長男は父から言われた通り、手紙をさし出し、千金を贈物にする。荘生はだまってそれをうけとり、「早くお帰りなさい。決してここにとどまっていてはなりませぬ。御次男が救い出されても、そのわけをほかの人々に話してはなりません」と申した。

それから長男は荘生のもとを立ち去り二度と行きはせなんだ。ところが荘生の言葉にしたがわず、そのまま楚にとどまり、たずさえて来た数百金をば、楚の国の政治家達にばらまいたのじゃ。

この荘生という男は陋巷《ろうこう》に住んでいるが廉直《れんちょく》で有名な人物。楚の国では楚王をはじめ人民一同が先生として尊んでいる。それほどの男故、千金を贈られたが決してもらう心はない。依頼された事をしとげたら金は返すつもり。妻にも手をふれさせず金は保管している。智慧の足りぬ悲しさで陶朱公の長男にはしかしこの男の偉さがわからなかった。この男の心がはかれぬ。あたりまえな男と思っていたのじゃ。

さて荘生は折を見て宮中に入り楚王に面会した。「何々の星が何々の方角にあらわれました。これは楚のためによろしくない」王は驚いて「どうしたらよかろうか?」とたずねる。「徳を以てその害をとりのぞくよりいたしかたありませぬ」「そうか。そのことならわしもやろうとしていたのじゃ」楚王は荘生のすすめで大赦令《たいしゃれい》を出すことにした。そしてまず、黄金の庫《くら》、白銀の庫、赤銅の庫をみなしめさせて封をしてしまった。

それと知った楚の政治家の一人は早速陶朱公の長男をよびよせた。「王は大赦をなさろうとしていられるぞ」「何故それがわかりますか?」「大赦を行う前には三つの庫をしめさせる習いなのだ。昨晩王は庫をしめさせたのだ」

そこで長男の奴が考えた。大赦令が出るときまれば次男は助かるにきまっている。もう荘生の力は借りぬ。千金といえば大金。みすみす荘生などに只儲けはされたくない。こう思ったからまた荘生のところへ出かけた。荘生は長男がまた来たので「あなたはまだ帰らなかったのですか？」と驚く。長男は「今きくところによると大赦令が出るそうで、弟の命はたすかるとわかりましたから、あなたにお別れに参りました」と申した。

荘生は、さては長男が金をとり返しに来たのだなと察した。「それではあんたの金はさっさと持ってお帰り下さい」と言う。長男は自分で部屋の奥に入って金を手にすると立ち去った。そのあとで荘生は若者が自分を信じなかったことがいかにも残念である。その仕打も感心しない。考えるところあってまた楚王に面会した。

「私はこの前、星のことについて申上げ、王は徳を修めて星に報じようとなさいました。あれから私が街へ出ますと、路行く人々がこんな話をしていました。有名な財産家陶朱公の子供が殺人罪で今楚の獄にいる。なんでも陶朱公の家では金銭を沢山持ってきて、王の家来達にばらまいているそうだ。だから今度の大赦令だって、王様が人民をあわれんでなさった事じゃない。陶朱公の子供を許すための大赦令なんだ。みんな金の力でやったことだ。このように申していました」

この荘生の言葉をきくと楚王は大いに怒られた。「わしは不徳の王ではあるが、陶朱公の子だからとて特に許すことはしない」そして陶朱公の子を死刑に処したのじゃ。長男は次男の遺骸《いがい》をたずさえてすごすご国に帰った。母や村人達はことごとく次男の死を悲しんだのは言うまでもない。

その時陶朱公のみはひとり笑っていたのじゃ。「次男の助からぬことはわかっていた」陶朱公は言ったそうじゃ。「長男も次男を助けたい一心ではあった。しかしあれは金の有難味を知り過ぎていた。それがいけなかった。長男は子供時代はわしとともに貧乏で苦しんでいる。ひどく働いて暮していた。その苦しさが忘れられぬ故、今だに金を棄てることができない。ところが三男は生れた時から金持の子だ。何不自由なく育っている。良馬を駆って狩をして日を暮していた。だから、金の有難味は知らぬが金を棄てることはできる。それ故、わしは三男を使者にしようとした。あれなら金が棄てられるからだ。それが長男にはできなかった。だから次男を殺すことになった。これは物の道理。何も悲しむことはあるまいよ。長男をやってからは、わしは毎日次男の遺骸の来るのを待っていたのじゃ」

わたしは范虫という男の顔は知らぬ。しかしその時笑ったあの男の顔はなにやら眼に浮んでくるような。それは、智慧のあふれた顔だ。何もかも見抜いた顔だ。見抜いている故、利口そうにも見えぬ。白痴に似ている。物の道理が知りつくされたので、白痴のような顔になったのじゃ。親として冷たいと、儒者どもは言うかもしれぬ。智ばかりで情が無いと文士どもは言うかもしれぬ。したが奴等には、なかなか陶朱公の笑いの深さは思い及ぶことはできないよ。冷たいといい、情がないといいそれですむものと思っているのか。それで智慧を否定したつもりなのか。智慧の深さは、儒者や文士にわかるものではない。智慧とはしょせんはおそろしいものじゃ。そのおそろしさを知らぬ故、どいつもこいつも見苦しく死んで行くのじゃ。

戦国の智慧についてわたしに教えるところ多かったのは、やはり夫の高祖である。高祖の智慧は范虫には及ぶまい。しかしなかなか大きな智慧であった。貧乏官吏から沛公《はいこう》になり、沛公から漢王になり、さらに天下の皇帝になるまで、あの人は身を以ていろいろの事をわたしに教えた。智慧の大きさは慾望の大きさによる、と昔の聖人は言ったそうじゃ。慾望が大きいほど智慧も大きい。わたしの夫と楚の項羽とは、あの頃天下で、一番大きな慾望を持つ男であった。項羽は力のみ強く才のない男じゃと言う者もあるが、決してそのような事はない。結構才気は人にすぐれていた。項羽は若い時から剣も書も学ばなかった。剣は一人に敵するのみ、書は姓名をしるすに足るのみと考えたのじゃ。それであの男は兵法を学んだ。兵法が万人に敵するからだ。しかし高祖はその兵法も学ばなかった。そのかわり兵法を学んだ人間を使う術を学んだのだ。それが王者の智慧というものじゃ。奇計の士も弁舌の士も、一様に使いこなせる智慧がなくては、王者になることはむずかしい。項羽も高祖もあっぱれ王者の智慧は具《そな》えていた。王者の智慧を持つ二人の争いは今想い出してもすさまじいほどじゃ。あれほど見事な争いはこれから先も起り得るかどうか。争いというものが終極まで行くと、おそろしさを通り越して、色美しい錦の織物か、音色あやなす舞楽のように人の心を酔わせるものになる。あの時はわたしも感じ入ったものだ。二人の争いを見るにつけ男ならばわたしもと何度思ったことかしれぬ。敵を倒すためには手段をえらばぬ、その慾望の強さ。それが智慧を生む。

わたしの夫の劉邦は、酒も女も好きであった。だらしがなくて、とめどがない。えげつないこともやる。あさましいこともやる。狂人じみた執心さもあり、氷のような冷酷さもある。さまざまな性格がいりみだれている。一人で五人にも十人にも、千人にも万人にも変化する男であった。それだけ智慧もつきなかった。そして時に、自分の智慧をもてあましたように白痴の顔をしてだまりこんだものだ。あのような顔をする男はどんなことでもやってのけるのじゃ。

彭城《ほうじょう》が破られた時だ。高祖は楚の騎兵に追撃された。護衛の兵も五、六騎しかいない。高祖は子供二人と車で逃げた。追撃が急になるにつれ二人の子供を車からつき落した。車を軽くして逃げのびるためじゃ。そばにいたものがそれを助けあげて車に載せる。それをまたつき落す。また載せる。三回も子供をつき落して逃げようとした。高祖が天下をとる男ということはこれ一つでもよっくわかろう。高祖の智慧はそれほど冷たくもあった。おそろしいものだった。

楚の軍と漢の軍が広武で対陣した時もそうだ。対陣したまま勝負がつかない。対陣は数個月もつづいた。そのうちに楚軍は、糧食に苦しみはじめた。楚の大将項羽は一計を案じた。かねて捕虜にしておいた高祖の父を引出したのじゃ。それを高い台の上にのせた。そして高祖にそれを見せながら申した。「お前がすぐ降参しなければ、俺はお前の父を烹《に》るぞ」ところが高祖は平気だった。「これ項羽。お前とわしとは兄弟のはずじゃぞ。兄弟となって秦を亡ぼしたはずじゃぞ。その兄弟の父はお前の父も同様だ。今お前はお前の父を烹るつもりなのか。それもよかろう。烹たら、わしも一椀いただくとしよう」こう答えたものだ。項羽は怒って高祖の父を殺そうとしたが、家臣にとどめられて止めた。まだ戦は勝負がきまらぬ。両方の兵は戦にうみつかれた。人民も物資の運送につかれた。そこで項羽はまた漢王に告げた。「これ劉邦。お前とわしが相争っているため、数年間は天下の人民も安んずることができぬ。すぐさま決戦をすることにしよう。いたずらに天下の父子を苦しめるのは止めよう」。すると高祖は笑って「力を闘わすのはわしは好かん。むしろ智を闘わそう」と、答えた。ここらあたりが高祖のねうちじゃ。白痴の顔の男でなければよう言えぬことを言い、ようやれぬことをやっておる。項羽もよく人は殺した。だが、ただ一人高祖だけは殺せなかった。それで自分が殺されることになった。つまり力の残忍性はあったが、智慧の残忍性がなかったのじゃ。項羽は自分の軍へ降参して来た秦の卒二十余万人を一晩でみな殺しにすることはやってのけた。ところが鴻門《こうもん》の会で、高祖一人を斬り殺させることが出来なかった。智慧の残忍性が足りなかった。白痴の顔になりきれなかった。それ故殺すべきものを殺しつくせなかった。

殺すべきものを殺しつくさねば、戦国の王にはなれぬ。天下の王者にはなれぬ。項羽は人間を斬り殺しもした。絞殺もした。煮て殺しもした。焼いて殺しもした。生埋めにもした。溺死《できし》もさせた。それでもまだ殺し足りなかった。殺しつくせなかった。殺しつくすとはまことむずかしき事よな。言うもはばかられることながら、人間としては殺しつくす智慧は持ちがたい。殺しつくす残忍性はもちがたい。ただ、天のみがそれを持っているのじゃ。

なれど高祖は天に近かった。天は青く澄み黒く黙するもの。澄みかつ黙している天の顔もまた白痴に近い。天は、その顔で何でもやる。なすに忍びぬことは天にはない。なにをなそうと自由自在。天を抑えるものはない。高祖の天に近かったのは、殺しつくす智慧を持っていたからじゃ。智とは残忍、智とは忍。

わたしは高祖の智慧を学んだ。こころしてそれを学んだ。赤子が母の乳を吸うように、智慧の汁をチュウチュウと吸った。なくなるまで吸った。そして智慧を貯えた、飽くことなく貯えた。何のために。わたしの計画を実行するために。計画とは何か。重臣どもを殺すことじゃ。諸王を殺すことじゃ。そして高祖なきあと、わたしが漢の支配者になることじゃ。

だが重臣も諸王も豪傑どもだ。人を殺して土地を奪い、人を殺して兵を集め、人を殺して名誉を得た男たちだ。この男たちの偉さは斬った首の数によるのじゃ。名も知れぬ首が数知れず斬り落された。斬った首にとりまかれて栄光燦《さん》として輝くのが豪傑なのじゃ。うかつに手を出せば、こちらもその首の一つにされる。相手を首にするか、こちらが首になるか、そこが智慧の用い方による。豪傑を飾る首になってはおしまいじゃからな。

ただ面白いことには、物すさまじい豪傑どもが、みな女には気を許していることだ。女には大それた慾望もあるまい。女にはどれほどの力もあるまい。女には戦国の智慧はあるまいと、そう思っているらしい。まさか呂太后の胸に天下をとる望みが宿っていようとは、豪傑どもも知らなかった。夫の高祖でさえ、これには、気がつかなかったのではなかろうか。わたしは慾望で胸をふくらませていた。誰にも知らせぬ望みをかくしていた。

韓信《かんしん》がだまされたのも、相手がわたしだったからであろう。韓信は陳豨《ちんき》と相はかって謀《む》反《ほん》を企てていた。あの男は一度とらわれてから、許されて淮陰《わいいん》侯になっていた。一度でこりて止めにすればよいのに、豪傑どもはそれができなかった。高祖が陳豨を打ちに行っているすきに、あの男は事を挙げようとしていた。韓信の計画では、ただちに、わたしと太子を襲おうとしていた。その計画の裏をかくのがわたしのつとめだ。わたしは韓信を呼びよせることにした。しかし呼びよせて、来なかったら、それまでである。そこで高祖からの使者だと詐《いつわ》って、韓信のもとへ使者をやった。つまり陳豨が敗れて死んだから、列侯群臣が祝賀の式に集まることになったと告げさせたのだ。一方別に人をやって、この際宮中に出かけないと、余計疑われますぞ、と韓信に話させた。この計略にうまうまと乗って韓信は宮中に出向いてきた。わたしはすぐ武士に命じて、あの男を縛らせた。そして長楽宮の鐘の下で、即時首を斬らせてしまった。首を斬られる前のあの時の残念そうな顔。豪傑だけに残念さはことにはげしかった。だが斬ってしまえばどれも同じ首じゃ。あっけないことであった。緊張がはげしかっただけに、事件は簡単にすんでしまった。この事件がわたしの自信を増した。豪傑を殺すこともたやすいではないか。男を殺すのはなんとたやすいではないか。このわたしもいよいよ戦国の智慧を会得したらしいぞ。こう考えてわたしはひそかに喜んでいた。次は彭越《ほうえつ》である。彭越の場合は少し違っていた。あの男は謀反をしたわけではない。高祖の命令があった際、自ら出陣しないで、代理をさし出したのだ。そこで高祖が怒って彭越をよびよせた。彭越はすぐさま謝罪に来るつもりだった。だが謝罪にでかけて、また韓信のように斬られるのをおそれた。そのため病気と称してひきこもっていたのだ。その時あの男が謀反するらしいと中傷するものがいた。高祖はそこで人をやって彭越をとらえさせた。そして位をうばって庶人としてしまった。庶人にされた彭越は鄭《てい》に来た。丁度その時わたしは長安から洛陽に行こうとしていた。その途中であの男に遇《あ》ったのじゃ。あの男はわたしの姿を見ると跪《ひざまず》いて泣きだした。驚くほどの大声で泣いた。何とかとりなしてくれと言うのじゃ。わたしはやさしい声でなぐさめてやった。いいとも、いいとも、お前の無罪はよくわかっているよ。かならず高祖に申上げるからな。安心して待っていなさい。そう彭越に言いきかせた。言いきかせたばかりでなく、一緒に連れて洛陽へ行った。

洛陽へ着くとすぐ、わたしは高祖に話をした。「彭越は豪傑でございます。あのような豪傑を野放しにしておくのはまことにはや危険千万。後の悔いを残すもの。早く誅《ちゅう》してしまった方がよろしいと思います。そのため謹んでわたくしは彼を同道して来ました」しかし高祖はまだぐずぐずしていた。わたしはそこで彭越謀反のうわさをひろめさせた。そのうわさがひろがると家臣達も、彭越誅すべしと高祖に申上げるようになる。ついに高祖もその気になり、彭越という男もあっさり首を斬られた。

二人の豪傑を見事に殺すと、もうわたしはすっかり自信を得た。自分の智慧をうたがわなくなった。智謀の士もおそれぬ。奇計の士もおそれぬ。賢相何ものぞ。長老何ものぞ。さからうものはすべて殺してやる。天命はおそるべしと孔子は言った。天命のほかにはおそるるものは何もない。智慧を働かせ。戦国の智慧を働かせ。そしてわれ呂太后が天に近づくのじゃ。天命のような力を持つのじゃ。天命はおそろしい。しからばわたしも天命のようにおそろしいものになろう。世の中を動かす中心になろう。そうわたしは考えた。世の中のことはみな恐怖によって動いている。人の動きも恐怖による。戦国の人間は恐怖がなければ動くものでない。殺されやせぬかと、それがおそろしさに走りもする。働きもする。たたかいもする。人をも殺す。豪傑と同じことじゃ。その原動力は、みな恐怖なのだ。わたしは、おそろしさのかたまりになろう。恐怖の中心になろう。人を動かす中心になろう。わたしはこう考えた。いや考えたのではない。わたしの体内にはそんな火が日夜燃えさかっていたのじゃ。

高祖が死ぬと体内に燃えさかる火がいよいよ外部に燃えひろがらねばすまなかった。わたしには憎い女が沢山いた。高祖の寵愛《ちょうあい》した女はみんな憎い。可愛がられたことが憎い。なかでも憎いは高祖の種をやどした女たちじゃ。高祖が死ぬとすぐ、寵愛された女はみな宮中から追いだしてやった。豪傑を殺すことにくらべれば、ひ弱い女を料理するのは何の手数もかからなかった。

ただ一人難物は戚《せき》夫人である。この女はかつてはわたしと争ったものだ。一度はわたしを打ち負かそうとさえした。美しい女じゃ。高祖でなくとも男なら、あの女には身も魂もうちこむことじゃろう。美しさがあの女の力だった。それにはわたしはかなわなかった。高祖はあの女に溺《おぼ》れていた。可愛くて可愛くてたまらなかった。あの女の言うことなら何でもきいた。あの女は自分の生んだ子を太子にしようと企んでいた。高祖も一時はその気になった。すんでのところで、わたしの生んだ子が太子を廃されそうになった。もしも張良の策略がなかったら、戚夫人の子が太子になったであろう。危機一髪であった。

高祖は死んだ。わたしの生んだ孝恵帝が帝位についた。こうなればもうわたしの天下。なにおそれるものもない。

ただわたしは、わが子ながら孝恵帝が不満であった。女のように美しい姿。女のようにやさしい言葉使い。女のようにおとなしい性質。どれもこれもわたしには不満だった。漢の帝王ともあろう男のくせに、いつも何かをおそれていた。沈んだ面もちで考えこんでいた。支配しようという気もないらしい。人を殺す考えもないらしい。血潮のわきたち、肉のおどり立つ慾望に胸を焼かれることもないらしい。春の野にうごく野馬《かげろう》のようにうつらうつらと夢ごころにいるとしか思われぬ。

わたしの血を受けた子でありながら、なんという王者らしくない若者であろうか。もしわたしが孝恵帝だったら、戚夫人の子供の趙王など、すぐさま殺してやるのだが。それを孝恵帝は、趙王とはとりわけ仲よくしていた。いつも親しげに話をしている。まるで子供のたわむれるように、むつまじくつきあっていた。

わたしはある日孝恵帝をよびよせた。「お前はそれでも王者のつもりか。お前はそれでも漢の支配者のつもりか。万民をおそれしめる帝王であるからは、戦国の智慧をみがかねばならぬぞ。女子供のように誰とでもむつまじげにつきあっているようでは、漢の帝位を保つことはできないのじゃぞ」あの子はその時じっとわたしをみつめた。匈奴《きょうど》の地に出来る黒い葡萄《ぶどう》の粒のように、水々しく美しい眼であった。桃の花がほころびるようにかすかに笑いが浮んでいた。おだやかな表情である。

「太后さま。わたくしは王者でありたいとは思いません。漢の支配者でもありたくありません。万人をおそれしめる帝王にもなりたくありません。戦国の智慧もみがきたくはありません。女子供のように誰とでもつきあっていたいのです。趙王とも仲良くしたいと思います。それで漢の帝位が保たれなければ……」

「保たれなければどうするのじゃ」

「いたしかたありませぬ」そう言ってあの子はジッと天をみつめた。わたしは怒りにジリジリしながら孝恵帝をにらみつけていた。あの子はやはりおだやかな顔で、眼に見えぬものに心を吸いとられたようにして立っているのじゃ。

それ以来わたしは帝のことはかまいつけぬことにした。帝には相談せずに自分の計画を実行することにきめた。まず趙王を宮中によびよせた。すぐにも殺すつもりであった。ところが孝恵帝はそれと察したのであろう。寝ても起きても趙王のそばを離れぬ。食事も一緒にとる。これにはわたしもほとほと手を焼いた。しかし、わたしは機会を見つけた。帝が冬の朝早く弓を持って森へ出て行ったのじゃ。その時わたしは飲物の中に毒を入れた。そしてそれを寝ていた趙王にのませた。帝が森から帰ってきた時には、もう趙王は寝床の中で死んでいた。まだ、夜のあけたばかりの頃で、寝床には鈍い朝の光りがさしかけていた。その光りの中で帝はぼんやりと、死んだ趙王を眺めていたものじゃ。

それからわたしは戚夫人をつかまえた。そしてその美しい両手足を斬りおとした。眼をとり去った。耳をつんぼにした。薬で口もきけなくさせた。それを厠《かわや》の中に置いた。そして、人彘《ひとぶた》という名をつけた。男の心をとろかした身体も、今は血の気もなく黒く汚れていた。人彘とはわれながらよくつけた。あれでは全く豚と同じことじゃからな。誰が見ても人間とは見えなかった。

二、三日してから帝をよびよせて人彘を見せてやった。帝は最初は何物だかわからなかったらしい。いぶかしげにしていた。わたしは「これは戚夫人だよ」と教えた。帝は顔色を変えて立去った。やがて泣く声が帝の部屋からもれてきた。泣声は一日中つづいていた。それから帝は病気になった。病気はなかなかなおらなかった。なんでも帝はこんなことをつぶやいていたそうじゃ。「あれは人間のすることではない。人間に出来ることではない。この自分はあんなことをする呂太后の子なのか。あのおそろしい呂太后の子なのか」

それ以来、孝恵帝はますます政治をきらった。ただ酒と女に浸っていた。そのため病は重くなった。

わたしは心の弱い帝のことを気にかけてはいられない。まだまだなさねばならぬことは多い。わたしは斉王をも殺さねばならぬ。十月のことじゃ。帝と斉王とわたしは酒を飲んでいた。その時、帝は斉王を上座にすえた。斉王は孝恵帝の兄じゃからな。しかしわたしはそんなことは嫌いであった。兄も弟もない。帝王は帝王じゃ。何をつまらぬことに気を使って、いまさらながらだらしのない！　と腹をたてた。わたしは盃に毒を入れた。毒は二つの盃に入れた。斉王がどちらの盃を手にとるかわからぬからじゃ。それから斉王に申しつけて、わたしの健康を祝して盃を挙げさせた。斉王は何の気なしに盃をとりあげた。すると、帝もまた盃をとりあげたのじゃ。わたしは驚いて帝の持った盃を打ち落した。まずい事よ。斉王はすぐにそれとさとってしまったわい。わざと飲んだ真似をして、酔うたふりで帰ってしまった。

わたしはどうでも斉王を殺さねばおかぬ覚悟だった。しかしあの男も利口な男。多少戦国の智慧もわきまえがあった。そこで郡を一つ献上してきたものだ。魯元公主の御化粧料にさしあげます、と言うのじゃ。魯元公主はわたしの可愛い娘。うまいところへ気がついたものだ。それでわたしも気が変って、斉王の命はたすけてつかわすことにした。

やがて孝恵帝がなくなった。なやみ抜いて死んだのであろう。強い母を持った弱い子供ほど世にも哀れなものはあるまい。太陽の下の草の露にも似て、あっけもなく消えてしまった。

戦国の世にはれて戦国の智慧を求めなかったものはみなこのように、あっけもなく消えて行くのじゃ。王者は強くなければならぬ。弱い王者など生きて行く場所はあるまい。

わたしは涙も流さず泣いていた。声も出さずに泣いていた。顔もしかめず泣いていた。いまこそ戦国の智慧を試さねばならぬ。かなしみに負けてはならぬ。智慧は智慧、情は情じゃ。孝恵帝はわたしにはただ一人の男の子。もう帝位につくべき子供はいない。皇太子を立てても、帝位が安定するかどうかはわからぬ。帝位の問題について、豪傑どもがあばれるかも知れぬ。それ故わたしは声たてて泣くいとまもなかった。

だが幸に呂氏一族が宮中に入った。呂氏一族から将軍が多く出た。彼等はわたしを保護してくれた。それがきまると、わたしははじめて泣いた。哀れな子供のために、涙を流し声をたてて泣いた。

やがてわたしは呂氏一族の中から諸王をつくり出すことに成功した。かくて中央ばかりではなく、地方にも呂太后の地盤が確立したのじゃ。

孝恵帝の子供が即位した。だがこの子供が問題であった。この子供は孝恵帝の皇后が生んだものと称している。皇后の生んだ太子なら帝位を継ぐに不思議はない。されど実はこれが皇后の実子ではないのじゃ。

皇后として、男子を生まねば失脚と同じこと。それ故、孝恵帝の皇后は一芝居たくらんだのじゃ。そして、わたしははらみましたと帝に申上げたものだ。そうしておいて、さる美人のはらんだ子供をとりあげた。そしてそれを自分の生んだ子と称したものだ。もちろん美人は殺してしもうた。実の母が生きていては後日のたたりがおそろしいからのう。ところがやはり隠したことはあらわれる。その子が皇太子となり、孝恵帝の後を継いで帝となったが、いつのまにか自分の実の母のことをききこんだのじゃ。自分の実の母は今の贋物《にせもの》の母に殺されたと知ってしまった。

考えれば哀れなことよな。自分の母は自分が帝位につくために殺されたのじゃからな。それにその下手人と共にむなしく宮中に暮している。仇と知りながら手出しもできぬ。これではよほどえらい男でなければ我慢できぬも道理。それで、帝はそれ以来よく申したそうな。「皇后はわたしの母を殺した。わたしはまだ若い。それ故我慢している。今に成人したらかならず事を起して見せる。母を殺した人を滅亡させてやるぞ」

わたしは、誰よりも早く、帝の意中を察した。その、子供らしい向う見ずな計画を知った。それがはなはだ危険な芽生えとさとったのじゃ。

わたしは帝を宮中の長巷《ちょうこう》に幽閉した。帝はひどい病気だと、臣下にはふれさせた。もう帝にちかづき、世話をするものもなくしてしもうた。そうしてからわたしは群臣を集めて申しわたした。

「帝王とは天下の政治をつかさどるもの。万民の生命を左右するもの。天の如く広く万物を支配し、地の如く大いに万物をはぐくむものである。万民それによって安心し、百姓よろこびてこれにつかえるものでなければならぬ。それでこそ上下相親しみ、東西相通ずるのである。しかるに帝は病久しく、失惑惛乱《しつわくこんらん》している。高祖の盛業を受けつぐこともできず、宗廟《そうびょう》の祭祀《さいし》を奉ずることもできぬ。かかる帝には、天下を委《まか》せることは不可能である。帝を代えよう。現在の帝を廃して新しき帝を立てよう」

そう申しわたしてから、群臣が何と言うか待っていた。ところが誰一人異議を申立てるものもない。「太后の仰せられるとおりでございます」「天下斉民《せいみん》のために宗廟社稷《しゃしょく》を安んずるおぼしめし、ことに深きことに存じます」と頓首して申した。

わたしは自分の言葉に賛成する群臣どもを眺めわたしながらちょっと異様な気持であっ

た。どれもこれも、大豪傑小豪傑なのだ。人を殺すことは何とも思わぬ強い男達なのだ。それがみなわたしの前に平伏している。帝の幽閉について一言の不服を言うものもない。わたしは自分の主張が正しいなどとは夢にも思わぬ。ただ必要だと思って主張するだけじゃ。ところがみんな、おそれ入って賛成するばかり。まるでわたしの言葉を天の言葉と思っているような有様。わたしは笑いたくなった。豪傑どもを笑いたくなった。そんなにまで権力というものがおそろしいか。そんなにまで権力を持った呂太后がおそろしいか。女のわたしがおそろしいか。戦国の智慧がおそろしいか。

わたしは群臣の首を見ていた。どの首を斬ろうがわたしの心のままじゃ。そう思って腹の中で笑った。わたしは自分が天そのものになったような気がした。その時のわたしのような心が、おそらく天の心ではなかろうか。人間も天のように、絶対なものになった時には、いくらか人間ばなれの思いを浮べるものじゃ。

わたしは帝の幽閉をつづけた。そしてついに餓死させた。そのかわりに常山王を帝と定めた。

次は、趙王じゃ。前の趙王もわたしが殺した。わたしは自分の立てた王だから、今度の趙王は殺すまいと考えていた。だが自然と殺すことになってしまった。

今度の趙王は自殺したのじゃ。趙王の后《きさき》は呂氏一族の出である。それゆえ王宮内はこの后が支配していた。王自身も后に頭があがらなかった。王には愛する姫がいたのじゃが、その姫を愛することもできなかった。それでも、いつもこの姫のことばかり心にかけていた。てんで后には近づきもしなかった。それ故后はこれを妬《ねた》んだのじゃな。わたしに何とかしてくれと頼んできた。わたしはその頃はもう少し、何もかも、めんどうになっていた。そこですぐ趙王は幽閉してしまった。食物もあたえなかった。すると王は呂氏一族を怨《うら》んで歌をつくった。弱い男だけに歌はうまかったらしい。悲しげな歌であった。「王となりて餓死せんとす。誰かこれをあわれまん。呂氏は人の道を断ちぬ。天に託して仇を報ぜんのみ」という句があったとおぼえている。

呂氏は人の道を断ちぬ、か。面白いことを言うたものじゃ。この呂太后が人の道を断ったか。いかにもそうかも知れぬ。人の道を断ったればこそ漢の支配者になったのじゃ。人の道を断ったればこそ、天にも近づいたのじゃ。その呂太后に「仇を報ぜん」とは笑止なことよ。ことに「天に託して」などとは、まことおろかなことじゃ。弱い者に何故天が味方するか。戦国の智慧もないものに、天の心がわかるものではないわい。

二度目の趙王を幽死させた頃から、わたしは妙に心がゆるんできた。争いも終った。殺人も終った。平和な王宮生活がつづいた。そのためかもしれぬ。とめどなく心はゆるんだ。何にせきたてられるでもない。何をおそれるでもない。誰に愛せられるでもない。誰を愛するでもない。わが心はかぎりなくひろがり、わが想いはかぎりなく高きに登った。春の河のほとりに楽しく寝ころぶ如く、けだるく、またのびやかであった。男の体臭も恋しくはなかった。血の香りもいとわしくはなかった。わたしは自分が竜になった夢を見た。毎晩夢の中で、わたしは竜となって悠々と宇宙を動きまわった。爪《つめ》の間には智慧の玉が輝いていた。わたしは、もしかしたら自分も白痴の顔になっていやせぬかと、銅の鏡にうつしても見た。しかし鏡はいつも曇っていた。曇った面には、いつも浮彫の竜の姿があるのみだった。わたしは何も考えないことが多かった。しかしいつも幽明の変に通じている気持だった。わたしは自分が呂娥姁《りよがく》という女だったことも忘れた。呂太后であることも忘れた日がある。そうして、ゆるむ心の中でつぶやくものがあった。わたしは戦国の智慧なのじゃ。わたしは、かの天なのじゃと。

わたしは、数日前に陳平を呼んで話してみた。張良なきあと、陳平は漢第一の智慧者である。

「戦国の智慧とはいかなるものじゃ」わたしは陳平にたずねた。

「それは太后様のような智慧でござります」と陳平は聡明そうな眼をやさしく細めて言った。「まず変化を知ることでござります。変化はそれからそれへとつきせぬもの。それを知ることでござります。変化に順《したが》って身を処せぬ者は亡びます。帝王も豪傑もこれを知らねばなりませぬ。太后様は最もよくこれを知っておられます。わたくしの秘計も実はこの智慧のはしくれでござります。しかし」そう言って陳平はわたしの顔を見やった。

「これは死んだ張良の申した言葉でございます。決して私の考えではございませぬが、ただ参考までに申上げます。張良はこのように申しておりました。わしは豪傑じゃ。豪傑の中でも上等の豪傑じゃ。戦国の智慧も充分に持っている。それ故、位人臣《くらいじんしん》をきわめて、今まで生きながらえてきた。しかしわしは最後には黄老《こうろう》の術を学ぼうと思う。そして豪傑をやめて民になろうと思う。しかしこれはむずかしいことじゃ。豪傑が民になることは最もむずかしいことじゃ。いったん豪傑となったものはいやでも、戦国の智慧を求めねばならん。戦国の智慧を求めるうちは民にはなれんのじゃ。それ故豪傑は民にはなれぬ。たまに賢者が豪傑の群を見棄てて山に隠れるだけじゃ。そのほかの者は豪傑のまま死んで行くのだ。このように申しておりました」

「そうか。張良は民になると申していたか。あの男も案外気の弱い男じゃな。民になって昔を忘れるつもりなのかな。わたしは民にはなりたくない。天になりたいのじゃ。戦国の智慧をつきつめれば天になる。天になりさえすれば自由自在になるぞ。天から見れば豪傑も民もない。豪傑も民も天の眼はのがれられぬ。たとえ賢者が隠れようとも、天の眼はのがれられぬ。帝王から隠れることはできぬ。よいか陳平。お前一つ隠れてみないか。わたしの眼からのがれて隠れてみないか。それとも民になってみるか」

「いえいえ、わたくしは豪傑で充分でございます。とても、太后様の眼はのがれられませぬ」陳平はおそろしげにこう言うた。

　その会話をした翌日があの日蝕じゃ。わたしはおそろしい。天の命はおそろしい。しかし嬉しい心もするのじゃ。今のわたしには日蝕を喜ぶ心もあるのじゃ。わたしのために日蝕が起きた。わたしのために天の変化があらわれた。それを思えば、おそろしいと共に嬉しいのじゃ。わたしはもはや呂娥姁という女ではない。呂太后でもない。天なのじゃ。日蝕を起す天の子なのじゃ。わたしは鬼神よりはげしい威力を持っているのじゃ。わたしが怒れば、わたしの髪はさかだち眼は電光を放ち、爪は巌《いわお》をきざみ、吐く息は雲となるのじゃ。豪傑が何か。民が何か。賢者が何か。わたしは天の子ではないか。お前達はこのわたしに指一本ふれることはできない。わたしの智慧の下にひれ伏して物一つろくに言えぬではないか。お前達は天を知らぬ。天の子を知らぬ。天の智慧を知らぬ。お前達は日蝕をひきおこした呂太后の心を知るまい。お前達はたかが豪傑じゃ。民じゃ。あわれむべき首どもじゃ。しかしわたしは、しかしわたしは……。

興安嶺《こうあんれい》の支配者

大興安嶺綜合《そうごう》調査隊の第三班、総員二十一名がハイラルを出発したのは、昭和十八年七月の末であった。隊の構成メンバーは、林野総局や営林署の技師、大陸科学院や地質調査所の研究士など、それぞれ、自然科学の技術者である。別に、警務総局から無電の係りが参加しているが、日本陸軍からの直接の指導者が加わっていない。これは、当時の満州国(中国流にいえばギ満州国となるが)としては、めずらしい例である。調査は、動物、植物、鉱物の資源ぜんたいにわたって行われた。興安嶺を南から北へ縦走するのは、日本のみならず、世界各国の学界で、はじめての企てである。隊員がたどりつく目標の町、漠河《ばくが》は、黒竜江にのぞむ、満州最北端の、砂金と賭博《とばく》の町であった。河の向う側は、ソ連のチタ州である。

興安嶺の奥には、漢人の農民も商人も入りこんでいない。匪賊《ひぞく》もねらう品物がないため、潜伏していない。根河《こんが》をわたってナラムトのあたりまでは、白系ロシア人の部落があった。それから先は、いわばカラッポの地帯である。踏破の予定は、約七十日。そのあいだの食糧や電池の輸送、その他に万全を期すれば、戦時中といえども何ら危険がなかった。したがって隊員は、ひさしぶりで、大自然の息吹に接せられる喜びで、勇みたっている。山に入れば、軍部のうるさい干渉もないし、官庁のめんどうな事務からも解放される。隊長をはじめ、登山ずきのスポーツマンが多かったことも、彼らの苦しい旅を楽しくした。

ただし、隊員のうち三名にとっては、事情がやや異なっていた。古宮《コミヤ》、地曲《ジマガリ》、畠《ハタケ》、この三人の日本人は、互いの関係が複雑にからみあっていた。しかも、彼ら三名のあいだに流れている異常な感情に気づいているのは、三人自身のほかになかったのである。

この三人が、それぞれおなじ通訳の任務をもっていた。

大陸科学院の古宮は、中国語とロシア語ができた。

畜産会社の地曲は、ロシア語とヤクート語。炊事夫の畠は、ヤクート語専門である。古宮は、外国語学校の出身だから、まっとうな、研究者らしい通訳と言える。地曲と畠の二人は、知っている単語を手あたりしだい吐き出して、強引にしゃべる方だ。ナラムトのロシア農民の部落のあたりまでは、古宮のきちょうめんな中国語とロシア語が、役に立つ。それからさきの山林地帯では、かもしかを連れたヤクート族が相手である。

興安嶺の原住民は、ヤクートとよばれ、興安ツングースとも言われる。北方から南下した、この狩猟族は、大ざっぱにツングース諸族と称されるが、その地理的分布がどうなっているか、きわめてあいまいである。「ロシア化ツングース」「馴鹿《トナカイ》ツングース」「ビラルチェン」「オロチ族」「満州族」など、さまざまに移動し、定着し、入れまじった「未開人」の区別など、植物や鉱物の学者たちにわかるはずもない。ヤクート語の専門家などいるわけもないので、かねがね森林の住民に親しんでいる、畜産会社の地曲と、炊事夫の畠が、その役をひきうけたのである。

古宮と地曲は、はじめから調査隊の計画にも参加している。畠だけは、隊員が無人地帯にふみこむときになって、やっと仲間入りしたのである。

ナラムトを過ぎて、交易所にさしかかる。その先に、八月の雨量が多いと気づかわれる、渡河点があった。そこで日本人を、ヤクートのカモシカ隊が出むかえた。隊員の大多数は、ヤクート族にもカモシカにも、むろん初対面だった。隊員たちの前に、まず森の獣のように、いきなり顔を見せたのは、青年ニコライであった。ロシア正教の布教をうけたヤクート人は、洗礼名を持っている。いかにもリリしい森の若者には、鈍重なそぶりも、野蛮な気配も全くみとめられない。ニコライは、敏捷《びんしょう》に、地曲通訳のもとへ駆けよって、文明人らしく握手した。その態度には、教育されたての新兵が上官に敬礼するような、なつかしさと、かたくるしさが見えた。そして何より隊員をおどろかしたのは、ニコライが菊の紋章のついた、三八式歩兵銃、しかもピカピカの新品を手にしていたことである。

彼につづいて、藪《やぶ》のかげから、実にのろのろと現れたのが、畠であった。この方は、いかにも鈍重にして野蛮、それがおなじ日本語をしゃべる男とは、誰にも思えなかった。それに、この炊事夫に対するニコライの様子に、まるで自分より劣等な相手をとりあつかうような、ぞんざいなところがあったからである。

畠も、ニコライと同じように、まず地曲に挨拶《あいさつ》した。と言うよりむしろ、地曲の方が、かなりきびしい目つきで、畠を見守りながら近づいていった。地曲を眺めやる畠の方は、挨拶も報告も、万事おっくうだという様子だった。地曲なる人物がけっして、畜産会社の一職員ではなかろうと隊員たちの中には、うすうす感づいている者があった。しかし、その渡河点で、ニコライと畠が仲間入りするまでは、第三班の隠された指揮者が、隊長ではなくて、地曲であるとまでは、考えていなかった。地曲は常に、平凡な通訳らしくふるまっていたし、命令的な話しぶりなどしなかった。ただ、彼が畠をつかまえて、いろいろと質問を浴びせはじめたとき、その口調は、かなり口やかましい主人のようになった。叱ったり、おどかしたり、探ったりする、言い方だった。畠は、一軍属にすぎない。その畠の答え方がまた、相手の権威などまるで眼中にない、投げやりなものであった。「ああ」とか「うん」とか「そうでないな」とか答えてはいても、ひどく不熱心である。別に反抗的ではないが、うるさそうである。そのため、いつもは冷静な地曲が、いらいらして「お前は俺の命令でうごいているんだぞ」と、イヤでも押しつけようとするらしかった。

ヤクートの訓練に、日本の特務機関は、かなりの年月をかけている。青年ニコライも首領イワンも、教育された会話読本そっくり日本語をはなす。調査隊には、一梃《ちょう》の猟銃しか支給されていないのに、カモシカ隊は三十梃の三八式銃で武装されていた。何より有難い、新式銃器のおくり物をもらっているから、彼らは、隊員の護送を楽しんでいる。ことに、地曲の命令を、よろこんで聴く。そんなヤクートたちにたちまじっているから、畠の不熱心は目だつのである。

「やけくそになるのは、やめにしろよ」

「誰が。俺はやけくそになんぞ、なっちゃいない」と、畠は地曲に答えていた。

渡河点では、いそがしげに架橋の仕事がはじまっていた。ヤクートの男女はもとより、隊員のほとんどが、橋材をあつめに走りまわり、冷たい流れに浸っていた。二人の会話に聴き耳をたてていたのは、古宮ひとりだった。

「だらしないぞ。君はヤクートに、すっかりなめられてるぞ」

「そうかな」

小柄ながらに、畠の肩ははばひろい。手も首も垢《あか》にまみれているが、陽《ひ》やけした顔面だけは、蒼白《あおじろ》い地曲の顔にくらべ、たくましく光っていた。革づくりの上衣は、どのヤクートよりも、うす汚れてだらしない。

「俺は、なめられてもいいさ」

「君がなめられるだけならいい。君のおかげで、我々ぜんぶがなめられるから困るんだ」

「そんなこた、ないだろ」

「ニコライが報告したぞ。君は女房のとりしまりさえ、ろくにできんそうだな」

地曲は皮肉な、鋭い口調で言ってから、少し離れて立っている古宮の方を、いまいましげに眺めやった。地曲は、古宮をきらっていた。古宮も、地曲を憎んでいた。古宮の表情には、うっかり小気味よがる感じが出ていたのだろう。それを許すような、まぬけな地曲ではなかった。

古宮にとって、地曲は、絶対的な支配者である。表面は、あたりまえの隊員どうしだが、内情は、転向したインテリ共産主義者の運命を握っている、憲兵中尉だった。新京の研究所のデスクに向っていても、こうやって山脈を縦走していても、古宮は、地曲の監視の下にある。彼には、地曲を嫌悪することも、軽蔑《けいべつ》することもできる。だが、地曲から逃れ去ることはできない。満州に暮していても、内地へ還《かえ》っても、地曲とその組織の網は、彼のホンのわずかな心理のうごきをも、見逃しはしないのだ。したがって、地曲中尉を少しでも困らせる力のある、奇妙な炊事夫が現れたのが、古宮には、おもしろくてたまらないのだ。

「女房と言うけどな」畠は、日本人独特の、うす笑いをしていた。「女房だか、何だかさ」

「身から出たサビじゃないか。厭《いや》なら最初から、手をつけなければいいんだ」

「厭というわけじゃない」

「厭でもいいさ。厭でも、君は、あの女の亭主なんだ。あの女を棄てたら、怒るのは、ヤクートばかりじゃないぞ」

地曲のそのことばで、古宮はやっと、畠がどんな人物だったか想い出した。「漠河には、ヤクートの女を女房にした男がいる」という、うわさだった。ヤクート女に手をつけることは、特務機関の最も厳重に禁止したことだ。手をつけたからには、結婚して定住しろ。それが絶対命令だった。興安嶺を守るために、苦心して手なずけたヤクートである。軍属の好色のおかげで、全カモシカ部隊を離反させるようになったら、せっかくの努力は水の泡となる。そのため、その男（つまり畠）は、軍命令でヤクート女を正式の妻に迎えねばならなくなった。森の女と世帯を持ったからには、一生、漠河ずまい、あるいは興安嶺ぐらしと定められてしまったことになる。

「すると、この男は、永久にこの山から脱け出せないわけだな。俺よりもっと、不自由な身分というわけだな」古宮は、そんな想いで、炊事夫の運命に親しみを感じた。「まあ、せいぜい、二人でゴタついてくれ。その方が、こっちは助かるんだ」という気持である。

馬車からカモシカの背へ、畠は荷物の積みかえの指図をする。彼の指図は低い声でつぶやくだけで、ヤクートたちは、彼のことばを聴いているのかどうか、たよりないものである。ニコライやイワンばかりでなく、少年たちまで、馬鹿にしたように、畠をからかった。ヤクートの半分は、女性である。立ち働く女群のうち、どれが畠の女房なのか、古宮には見わけられなかった。

隊員がはり切っているので、架橋ははかどった。その夜は、対岸でキャンプを張った。振りわけにした麻袋に詰めこめば、ナマの野菜はながもちしない。白菜と缶詰をたっぷり使用して、豪華な宴会をすることになる。酒好きな隊長は、地曲の反対をなだめて、全員にアルコールをふるまった。畠の調合した「興安ウィスキー」なる、あやしげな酒を口にしなかったのは、ニコライと地曲だけであった。

無電機のアンテナは、少年の一人が猿《ましら》の如くよじ登った樹の梢《こずえ》に、とりつけられた。ラジオ音楽が、森の闇をやぶって流れ出したときの、ヤクートの驚愕《きょうがく》と興奮は、みものだった。日本人たちは、それを眺めて、自分たちが文明人であるという自信を、誇りたくなったほどである。すっかり愉快になった人々のあいだで、地曲と無電技師だけが、ハイラルやマンチュリーとの連絡に熱中した。

「また奴は、報告している」と、古宮は思う。「俺のことも、畠のことも、隊員ぜんぶの動静を、ああやって奴は報告するつもりなのだ。まるで、非常時の緊張と人間の支配欲を、自分ひとりでひきうけたみたいじゃないか」

焚火《たきび》の明りで、照された岩の陰に、十字架が立っていた。しっかりした石造の十字架である。ロシア人の墓であった。ロシア文字を読みとろうとする古宮の肩を、地曲がうしろから叩いた。

「畠という男を、見たかね」と、地曲は陰気な、冷笑的な調子で言った。「奴は転向者なんだ」

「ふうん、そうかね」平気そうに、無関心をよそおっても古宮の心はかなり動揺した。あの炊事夫が？　と、意外でもある。それでなくても「テンコウシャ」という日本語ほど、古宮をおびやかすものはない。この一語を浴びせかけられるたびに、彼はゾッとする。同時に、逆上したくもなるのだ。この単語が地球上に存在するかぎり、古宮はまっとうな人間になれないのだ。

「転向者にも、いろいろあるな」何度も要監視者に言ってきかせた文句を、そこでも地曲はくりかえした。相手の心理を探るのに、これほどうまいセリフはないのである。

「君みたいのもいるし、ハタケみたいのもいる。ナベヤマやミタムラみたいのもいる。単純な転向者なんてものは、あるわけもないんだ。転向という奴が、そもそも複雑な内容なんだからな」と、地曲は、自分の理論を楽しむように言った。「俺は転向したんじゃない、とはじめは考えるらしいな。一時的に、ほんのちょっと、見せかけで転向したんだと、自分の胸に言いきかせる。君なんか、まあ、その部類だ。そんなのは、いつか、いつかと思いつめてるんだ。正しいことを知っているが、今のところ実行できない。今の自分は、ほんとの自分じゃない。だが、いつか時がくれば、俺だって、ほんとの自分になれるんだ、という奴だよ。こんなのは序の口で、面白くもおかしくもない。きっと今に、俺は正しいことを、と思いつめてるのは、何も転向者ばっかりじゃないからな。自分はたしかに、今まではダメだった。ダメだったからこそ、死ぬまでには一度、かならず何かよいことをやりたい。やれるだろう、という奴なんだ」

ヤクートたちは、輪になって、踊りのはやし声をあげはじめた。針葉樹の枝葉の、燃えはねる音が、それにまじった。あかあかとした光が、十字架や岩角や、樹の幹のかたちをゆらめかした。蒼白い地曲の顔も、焰のゆらめくにつれ、赤くなったり、黒くなったりした。

「もう一つのタイプは、こういうんだ。転向なんてものは、前の考えと、後の考えが変化しただけだという奴だ。人間、だれでも変化するから、転向を不思議がることが、そもそもおかしい、という立場だな。転向する前の自分も、ほんとの自分なんだし、してからの自分も、ほんとの自分だ。人間はどう変ろうと、人間以外のものに変るはずはない。転向なんてのは、変化の中でも、ちっぽけな変化で、メクラがツンボになったり、赤ん坊が老人になったりするほどの変化もしていないという説さ」

「俺のことは、ともかくとして、畠という男、どんな考えでいるのかな」

「それが、わからんのだ」と地曲は言ったが、わざとそう言っているのかも知れなかった。

踊りの輪に加わったとき、古宮の右腕に腕をからめて踊ったのが、畠の「女房」だった。女は腕の力が強いばかりでなく、肩や腕を乱暴に押しつけて踊った。ヤクート女は水浴もほとんどやらぬという話だが、皮革《かわ》くさいだけで、ひどい匂いはしない。眼じりは上りぎみで、皮膚は日本男の誰よりも陽やけしていた。頰ぼねは、かなり出ばっている。両眼はなかなか女らしく輝いているにせよ、不自由を忍んでこの女と同棲する心など、とても起きそうになかった。女の名はヌサ、血の意味である。部族なかまでも、めずらしい名だという。

ヌサはたちまち、古宮が気に入った風情《ふぜい》で、彼が坐りこむと、しつっこく腕をひっぱりに来る。彼女の腕をふりはらうのがめんどうになって、古宮は踊りの輪からはなれた。酔っていないでも、好き勝手なふるまいの多い女のように思われる。彼女が古宮の後を追おうとすると、ニコライが邪慳《じゃけん》に彼女の肩をつかんで、ひきもどした。女はけたたましく叫んで、なおもあばれた。ニコライは、はげしく彼女の頰を打った。高くひびくほど、ひどいなぐり方で、しかもそれが数回つづいた。髪ふりみだして、醜態をさらしているにせよ、畠の「女房」をニコライ青年が、そんなに手ひどく取扱い、しかもヤクートたちのうち、誰ひとりそれをあやしむ者のないのは、不思議だった。それに、どんなに「女房」が騒ごうが、畠がそれをとりしずめに現れないのも、奇妙だった。

隊員は、八人用の天幕を三つ、携行していた。畠だけは、日本人の仲間入りせず、天幕では寝ない。ヤクートたちは雨が降れば、バラカンを張る。細長いナマ木の枝を円錐《えんすい》形に組んで、それに白カバの皮、獣の革や布をかぶせたものだ。その夜は、快晴だったから、彼らはバラカンなしでゴロ寝する。畠がどこに身をひそめているのか、古宮は河原や林を探し歩いた。「ブウウウ、ウオオン」と、異様な音がするので、それにつられて行くと、畠が草地に寝そべっていた。畠は、尺八よりやや長い木製の笛を手にしている。太くなった笛の尖端《せんたん》には、鼻の孔《あな》のように、二つの孔がのぞいている。鹿を招きよせるための、鹿笛である。哀愁をおびた音を試しては、彼は手づくりの笛にナイフで加工していた。

「君の女房が、酔っぱらって、あばれてたよ。かまわないのかね」と、古宮はたずねた。

「酒を飲むと、奴はいつも、ああなるんだ」

畠は、頬をすぼめて笛を吸った。吹く笛ではなく、吸う笛なのだ。「今に、縛られるさ」

「しばられる？」

「革紐でグルグル巻きに、しばられるんだ。さもないと、とりしまりがつかないからな」

「君がとりしまらないで、ニコライがとりしまるのは、ヘンじゃないか」

「ヘンかも知らないが、そうやるんだよ」

「ニコライとかいう男、まだ二十《はたち》まえだろ。何だか傲慢みたいじゃないか」

「ニコライは、一生懸命なんだ」ほめるでもなく、けなすでもなく、もの憂そうに畠は言った。「ニコライは、いつでも心配して緊張してるんだよ」

「何を心配してるのかな」

「ツングースの将来のことだよ。このままじゃ、奴ら亡《ほろ》びて行くからな。だから、ニコライは、寝てもさめても心配して、緊張してるんだよ。ムリしてるんだよ。そこん所は地曲にそっくりなんだ」

「ニコライは、地曲の命令をよく聴くね。地曲の乾児《こぶん》みたいだな」

「あんたは、地曲がきらいなんだろ」と、畠はたずねた。「きらわれる役目だからな」

「役目じゃないよ。地曲という人間がきらいなんだよ」

「ふうん、そうかい」畠は、地曲をも古宮をも一向に信用していない様子だった。女の悲鳴と、人々の騒ぎあう声がきこえた。畠は、きき耳をすました。

「あんな女と、どうして一緒になったんだ。もの好きな男だな」

「奴は、美人だよ」何のためらいもなく畠は言った。「いい女だよ。そう思わないか」

相手の返事が冗談でないと知って、古宮は首を横に振った。

大興安嶺は、植物の分布から言うと、ダフリア区系と呼ばれる。ダフリアカラマツ、シベリアアカマツ、コウアンシラカンバの三種がほとんどで、樹木の種類はきわめて少ない。はば一、二尺の山路では、草いきれと大地の香にむされて、風景を楽しむゆとりなどなかった。リュックの重みに堪えて、小鳥のさえずりもうるさくなる。ゆるやかに地形がひろがると、近く迫るアカマツの美林、遠く静まった樹海の美しさに、やっと人々はおどろく。

夏山のこととて、昆虫類の数はおびただしい。蚊、蛾、虻《あぶ》、蝶《ちょう》、ダニに襲われる。動物班にとっては、まことにゆたかな獲物となるが、植物班では「何だ、動物班の奴、アブだの蚊だのが多いんで、喜んでるぞ」と苦笑した。

先頭にはいつも、イワンと地曲、それに航空写真の判読のできる隊員がすすんだ。空中から二重撮影した二枚の写真、これを見くらべて、平面図から立体図をアタマの中でつくりあげて、路をたどって行く。練習して判読員になるには、日本人でも一年はかかると言われる。畠や古宮には航空写真から、山路の起伏、樹木の高さや種類を読みとることなど、とてもできなかった。イワンやニコライには、不思議な勘があって、かなり正確に言いあてた。

イワンはカモシカを連れず、斧《おの》を手にしてすすむ。百メートルごとに、道標をつくる。道標のつくり方は、ヤクート式に一定しているらしく、木の枝を切り折る場合、立木の皮を切りむく場合など、さまざまである。重要な岐《わか》れ路《みち》では、立木を切って交通止をつくり、進路に向って木の枝を切り折って行く。

古宮は、地曲と同行するのをきらって、常にしんがりから、畠と共に歩いた。そんなとき監視員のように、ニコライが二人につきまとった。ニコライの足の速さは、まさに「鬼神の如し」で、日本人が目的地に着くまでに、楽にそこまで往復した。「地曲の犬め。俺たちが脱走でもすると思ってるのか」と、古宮はニコライの忠勤ぶりにいらいらした。畠の方は全く無関心である。

樹上のリスを、はじめて発見したとき、古宮は自分の後からつづくニコライに、リスを獲《と》るように命じた。樹上十メートルばかり、房々とした尾をもつ見事なリスである。木の皮を掻くリスの爪跡《つめあと》で、古宮より先に青年はリスに目を注いでいた。

「ニコライ、あれを取りなさい」

古宮の日本語はわかったらしいのに、ニコライは無言で立っていた。苦々しい口もとには、明らかに軽蔑の念が見えた。古宮は別に、防寒外套《がいとう》の襟《えり》につけたいような高級な毛皮が、欲しかったわけではない。彼はただ、影のようにつきまとう監視者に、自分の方から何か命令を下してやりたかったのだ。「取りなさい、早く。取れないのか」と、古宮は不必要にせきこんだ。ニコライは、自慢の手製カバン（それには藍《あい》や赤で、あでやかな縫いとりがしてあった）を、わざとのようにのろのろと肩からはずし、銃を樹にたてかけた。そして、厭々そうに小石を拾った。ねらいを定めたのか、定めなかったのか、第一発ははずれた。リスはまた二メートルばかり登った。「こいつ、わざとねらいをはずしてるのか」と思ううち、第二発の石が命中して、リスはもろくも落ちた。

ニコライは器用にナイフを使って、毛皮をむきとり、袋状の革の内に、曲げた細木の枠をあてがった。そして冷たい表情で、古宮にわたした。古宮が「要《い》らない」と手を振っても、青年は絶対者のような、拒絶をゆるさぬ態度で、獲物を、日本の研究者に押しつけた。

先着の隊員の集結地に到着すると、日本人たちは、みんなリスの毛皮をうらやましがった。ただ地曲だけは、眉をしかめて、毛皮をぶらさげた古宮に近づいた。「誰だい、こんなもの獲ったのは」と、地曲は不機嫌にたずねた。「夏の毛皮は、使いものにならないんだよ。皆さんに言っとくけど、山あらしは止めて下さい。枝一ぽんでも、理由無しに折っちゃ、いかんですぞ。山はヤクートの大切な猟場ですから、許可なしで勝手なまねは、やらんで下さい」

ヤクートたちは感心したような視線を、地曲通訳にあつめ、古宮は面目を失った。

森の朝は、カモシカの首につけた鳴子《なるこ》の音と共にはじまる。木製の小さな鳴子のひびきをたよりに、ヤクートは木の棒をポクポク叩いて、カモシカを集める。飼主はもどって来たカモシカに、塩をなめさせる。革袋から取出された掌の上の塩に、跳びつくようにして食べる。そのとき飼主は、シカの首に革紐をむすぶ。カモシカが、いかに塩分に飢えているか、醤油《しょうゆ》や味噌《みそ》のしみついた天幕、或いはその種のものを貯蔵した天幕を、嚙《か》みやぶるほどである。人間の立小便したあとの地面は、かならず嗅《か》ぎつけて、なめ歩く。

待ち切れなくなると、放尿しつつある、その出口までねぶろうとして、大きな角を突き出してくる。枝ぶりの面白い立派な角が、正面から腹のあたりに押してくると、地曲でも閉口した。それを眺めて畠は、「塩の味は誰のものでも、みんな変らねえと見えるさ」と、笑った。

毎朝、五百グラムの塩。それだけ与えれば、ほかに飼料が要らない。カモシカは青草と花苔《はなごけ》を食べて、すすむ。花キャベツに似て、白い苔が密生した地点にさしかかると、ヤクートはすぐ革紐をほどいてやる。苔は、北むきの湿地に多い。隊員のキャンプには、乾燥した南むきの斜面がよい。そのため、どこにキャンプを決めるか、隊員の意見がわかれることがあった。そんなとき、地曲はかならず「カモシカが第一だ」と主張する。「カモシカを痩せさせたら、ヤクートが言うことを聴かなくなる。一匹でも殺したら、大へんなことになる」そのため、午後二時か三時ごろでも、苔の密生地に出あうと、隊はその日の行進を止めねばならない。大きなのは五寸ほどもある、花苔をカモシカはゆっくりと、こころゆくまで食べる。そうさせてくれる地曲通訳は、ヤクートにとって「いい人」なのだ。

「よく働く者には、よくしてやる。これが俺のモットーだ」と、地曲は古宮に言いきかせる。「日本のため、軍のため働く者だけが、よくしてやる値うちのある人間なんだ」

「あんたは、ヤクートを働かせるのがうまいよ」と、古宮は言う。

「ヤクートでも、転向者でも、やりようによってはよく働くんだ。どんな動物でも、飼いようによっては、手なずけることができる。ヤクートには銃と塩をやる。それでこっちがヤクートを支配できることになる。ヤクートは塩をカモシカにやる。それで彼らは、カモシカを支配できることになる。一番ほしがってる物を、まずくれてやることだ。ほしい品物を、たっぷり持っているのは、俺なんだぞと、信じこませてやることだ。そうすれば相手はみんな、支配されたがって寄りついてくるんだ」

「大へんな自信だな」

「自信じゃない。努力だよ。支配する者は、支配される者の、倍も倍も努力しなくちゃならないんだ」

たしかに地曲は、精力的に努力した。明日の綿密な計画のための、隊長やイワンとの長い打ち合せ。カモシカ隊の不平や不満の執拗《しつよう》な調査。研究者たちの小さな要求や不便にも、こまめにめんどうを見る。足を痛めた隊員のリュックは、自分がかついでやる。投げやりにする畠の炊事を監督して、食事をできるだけにぎやかにする。古宮には、ロシア語の放送を聴きとらせる。地曲の目的はただ一つ、漠河からハイラルまで、興安嶺を縦に通過する「路」の発見であった。それも、ただの「路」ではない。ロシア軍が黒竜江を渡って来たとき、漠河の日本人が、安全に脱出できる、計画的な「路」であった。一たん戦火がひらかれれば、ロシア領に沿って流れる黒竜江を、船を利用して、黒河の街までたどりつくことなど、できるわけもない。第一、冬季は結氷するから、河上の航行はとだえる。南下して鉄道沿線へ出るには、どうしても興安嶺の森林地帯を、突破しなければならないのだ。馬も車も通わぬ、ただ一本の「路」、すがりつく命の綱をにぎるのは、カモシカ隊である。彼がヤクートを、畠や古宮より可愛がりたくなるのも当然であった。彼の命令を無視しているのは、今のところ、あばずれ女ヌサ、一人である。

ヌサはあいかわらず、古宮を性欲の対象としてつきまとった。地曲に注意されるまでもなく、もともと神経質な古宮には、ヤクート女を抱く勇気などありはしない。畠のバラカンで、ヌサの足の裏を見せられたときから、なおのこと恐れをなしている。はだしで山を越す彼女の足の裏は、ラバソウルの靴底ほどの厚みがあった。おまけに、石の破片や草木のトゲが突き刺さって、そのままになっている。古宮が彼女について、気に入っている点は、地曲に対する彼女の、ものすごい憎悪である。

部族の秩序をみだすヌサは、もちろん、イワンやニコライの厳重な監視の下にあった。部族の利益に、少しでも損害をあたえる人間は、部族ぜんぶの意志によって、罰せられる。ただし、ヌサに関するかぎり、ヤクートの長老たちの取扱いは、寛大であった。日本人の「女房」だから、大目にみるという、手ごころもあったであろう。しかし、そればかりではなかった。彼女が、シャーマン（巫女《みこ》）の後継者と見なされていたからである。

夫に棄てられてヒステリックになった中年婦人、白痴の乙女、気の強い老婆など、シャーマンになりたがる女は、数多い。男のシャーマンもいる。競争相手の多い、むずかしい巫女の職が彼女にあてがわれているのは、畠が自慢するように、ヌサが「美女」だからかも知れない。

日の丸の旗の高々とひるがえる第一基地をすぎると、一行は急流にぶつかった。白カバの皮を張ったボートで、隊員と荷物をわたす。ヤクート男が巧みにあやつっても、かなり危険なはなれわざだった。女たちは、男に怒鳴りつけられて、胸まで浸る河水を歩いて渡った。女たちに追われて、カモシカの群も密集隊形で、流れに入った。一人の老婆とヌサだけが、カモシカの背にまたがっていた。カモシカの角の列は、枯木で編んだ柵《さく》か寨《まがき》のように、水上にうかんだ。そして、枝角の寨に守られながら、老婆とヌサが上半身をそらして、悠々と流れを渡って行くとき、二人のヤクート女には巫女の威厳がそなわっていた。

八月もなかばとなると、カモシカの角をおおっている皮が破れはじめた。「袋角」の軟い皮を、かゆがって木にこすりつけ、互いに角と角と突き合せる。角からは血が流れ、皮はめくれはがれる。おとなしい家畜のそぶりにも、時に荒々しさが見え、ヤクート隊の行進の速度も、いちじるしく増す。日本人隊員だけが、取り残されることもある。冷厳な冬の神の足おとが、ちかづいた証拠である。

ヌサが愛情を押しつけ出してから、古宮はつとめて、畠に接近することにしていた。「姦通」さわぎにまきこまれない、用心のためでもあるが、戦争も調査も忘れたような畠の鈍重さに、ひかれたからでもある。

「連中はほんとに、日本人を信頼しているのかね」と、古宮は炊事夫にたずねる。

「さあね。誰でもわが身が可愛いからな」畠は、ハンダハン（野牛）の焼肉を火であぶっていた。木の串からは脂がしたたり、香ばしい匂いがただよう。畠はフライパンでビフテキを焼き、別にスキヤキ用の肉を薄く切った。五十人に一頭では、とても食べきれぬ肉の量だ。

「さあね。奴らはこう思っているんだ。蒙古人《もうこじん》が興安嶺に侵入したことがあるが、いつの間にか消え失せた。ロシア人がえばったことがあるが、それも消え失せた。満人がのさばったときもあるが、それも消えてなくなった。今は日本人の天下だが、他の連中がみんないつかは消えてなくなっているんだから、日本人も、やがて消え失せずにはいないだろう

となー

「イワンもニコライも、そう思っているのか」

「そうだ」

「すると、彼らは猫をかぶっているわけか」

「ネコをかぶっているのは、彼らじゃないだろう。彼らは必要があって、日本人とつきあっているだけだ」畠は、煙ですすけた顔を、たち昇る焔からそらして、あたりを見廻した。

ニコライが大股《おおまた》で爪先《つまさき》だけで、ヤクート独特の足音を立てぬやりかたで、姿をあらわした。

青年は無愛想に、何かヤクート語の単語を早口でしゃべった。「ジマガリ」という、日本語もきこえた。

　畠は積み重ねた肉の塊の中から、黒い皮のついた肉をつまんで、ニコライにわたした。

ニコライは、見せびらかすように、わたされた肉塊を鼻さきまで持ちあげ、得意そうにニヤリと笑った。そして闇の中へ、音もなく消えた。

「あれは、ハンダハンの鼻の肉だ」と、畠は説明した。「このハンダハンは、ニコライがしとめたものだから、彼には鼻をもらう権利がある。奴はアレを水たきにして、地曲に御《ご》馳走《ちそう》するつもりなんだ」

「うまいのか」

「ほしかったら、地曲からもらって、食べてみろよ。支那料理では、四つの珍味の一つだそうだ。地曲は肉のことも『通《つう》』だからな」

日本人の天幕へはこぶ、焼肉をうけとりに、ヌサがやってくると、畠の前だけに、古宮はよけいに気づまりだった。ヌサは「夫」の前でもかまわずに、焚火の光で一段ときらめく「色眼」をつかう。畠の気分をわざわざ害そうとするように、彼女は自分の肩を、古宮の肩にこすりつけた。畠は正直に困惑の顔つきで、がまんしている。「ヌサの色男か。バカバカしい」と思いながらも、古宮もそっぽを向いて、がまんしている。二人の日本人を、うまく困らせてやった愉快さで、ヌサは高笑いして、強靭《きょうじん》な腰をひねって去って行く。ヌサの体臭と髪の匂いは、いつまでも、古宮の鼻さきにのこっている。まだ知らないヌサの裸身の、たくましい弾力も、感ぜられるようだ。

「俺は思想を守るのに、だらしなかった。そのうえ、女にまでだらしなくなりたくはない」と、古宮は思う。「それに、彼女は畠の『女房』ではないか。おんなじ日本人、いや、おんなじ転向者が一人の女を、しかも原始野蛮のヤクート女を、こんな山の中で、ハンダハンの鼻なんか食べながら争うなんて、あんまりいい恰好じゃないからな」

ハンダハンは中国語で「四不像《スウプシャン》」とよばれる。牛、馬、鹿、山羊の四つに、似ているところもあり、似ていないところもあるからである。顔はたしかに馬の一種であるが、角に枝が着いているので、鹿を想わせる。しかしズングリ太い角の根元は、やはり牛の角に似ている。毛の色は茶がかった黒で、尾や蹄《ひづめ》など、体格はそっくり牛と言える。それに、山羊ひげを生やしているのだ。一匹の獣が、四種類の他の獣の特色を寄せあつめているのが、何となく気味わるい。

古宮は、語学がすこぶる達者で、人一倍、各国語の原書を読みあさりたがる方だ。どちらかと言えば、せせっこましい島国インテリの代表である。そんな男でも、興安嶺に入ると、さすがに、自然なるものの量《はか》り知れぬひろがり、悠久なるもの、たとえば神の意志みたいなものを感じた。自称唯物論者ではあるが、性急な理くつで割り切れないものに、とりかこまれた気持になる。転向して出獄したとたんに、神がかりの神秘主義者になるのは、よくある例だから、その点は警戒している。黒竜江の向う側に走りこめば、そこに社会主義国が待っているじゃないか、と言う反省もある。満鉄の調査月報その他、満州各地にちらばった官立大学の出身者の研究報告を読めば、転向者たちの必死ではあるが、貧乏くさい抵抗が、未だにつづいている事もわかる。だが、どんな型の転向者でも、お互いにふれあうと、しめっぽい厭らしさを感じてしまうものだ。顔、ひげ、角《つの》、ひづめ、しっぽ等、バラバラの部分品をくっつけて生きている、つまり「ハンダハン」の厭らしさをつきつけられた感じだ。

島には、カモシカみたいな「のろりとした」ところがある。だが、新京の街ですれちがって、目くばせしあう転向者の気ぜわしさがない。どうも、ハンダハンを通り越して、もっと別の、草食獣になってしまったような気配があった。

ハンダハンが、たてつづけに五頭も獲れたため、ヤクートは活気づいていた。彼らはそれで干肉《ほしにく》をこしらえ、貯蔵した。カモシカの背に積めないものは、路上に埋めて石の目印をつけた。食に困った森の歩行者は、誰でもそれを食べてよろしい。彼らは配給されたメリケン粉には、手もふれず、獣肉ばかり食べた。

鴨も獲れた。森かげの沼に遊泳しているのを、岸の草の茂みから射つのである。一発で一羽などと、けちくさい射ち方はしない。大集団の中へ、身体も匿さずに射ちこむ。一ぺんに二、三羽が重なりあって傷つく。仲間が倒れても、さして気にかけぬ様子で、鴨の集団はゆっくり遠のいて行く。一せいに飛び立つまでに、射撃手は少なくとも五発は、自由に発射できる。むしりとられた鴨の羽毛は、たちまち数枚の羽蒲団をみたすカサになる。

メリケン粉をまるめた団子で、魚も釣れた。二寸ほどの小魚が、沼に糸を垂れると、すぐ掛かる。あまり釣れるので、一時間もやれば誰でもたいくつしてしまう。川の淵には、黒色の大魚が棲《す》む。長さ二尺ばかり。これを取るには、まず水面に木片を投げる。木片めがけて大魚が浮き上ってくると、ヤクートはこれを射撃して、簡単にしとめる。枝つきの小骨が多くて大味なので、焼き魚にしても上等なものではない。学名が不明なので、動物学者も首をひねるばかりである。

ヤマイチゴ、コケモモの一面に熟した光景は、美しいばかりでなく、食欲をそそる「楽園」であった。乾燥野菜に飽きた隊員は、むろん、高山のイチゴとモモの間に腰をすえて、むさぼり食べた。肉好きのヤクートも、競争するように、手あたりしだい食べる。少年や娘たち、笑いさざめく声は、隊員たちに久しぶりで、自分らの家庭を想い出させたほどだ。彼らが到着する少しまえに、熊もこの楽園で、腹一ぱい食事をとった形跡があった。食べすぎて嘔吐《おうと》してあったので、それがわかった。熊のバカ喰いの跡を見て騒いでいた一少年も、やはり食べすぎて嘔吐した。彼の醜態をながめて、あざ笑っていたヌサも、同様に吐いたのである。

日本人とヤクートは、このようにして次第に、仲良くなっていった。隊長は畠にたのんで、コケモモの「葡萄酒《ぶどうしゅ》」をつくってもらった。革袋や空ビンに詰めて、カモシカの背に揺らせていく。その方が、うまく醱酵《はっこう》する予定だった。だが、酒になるまえに、誰かが一口ずつ飲みつくしてしまう。

八月の十八日に、初霜が降りた。初雪に遭ったのは、九月二十一日の朝である。霜と雪のあいだの季節に、一行は最高峰オーコリドイを越えた。

大興安嶺山脈の中心は、チルバー山。この峰が当時の黒河省、竜江省、興安北省、三つの省の境界をなしていた。オーコリドイは、主山脈からやや西方へそれた山岳群の一つだ。オーコリドイの水源部に到着して、隊員はぜんぶ山頂に向った。ヤクートで参加したのは、イワン、ニコライ、ほかに一名だけであった。山路はひどく急になり、イワンでさえ走り廻ることはしない。

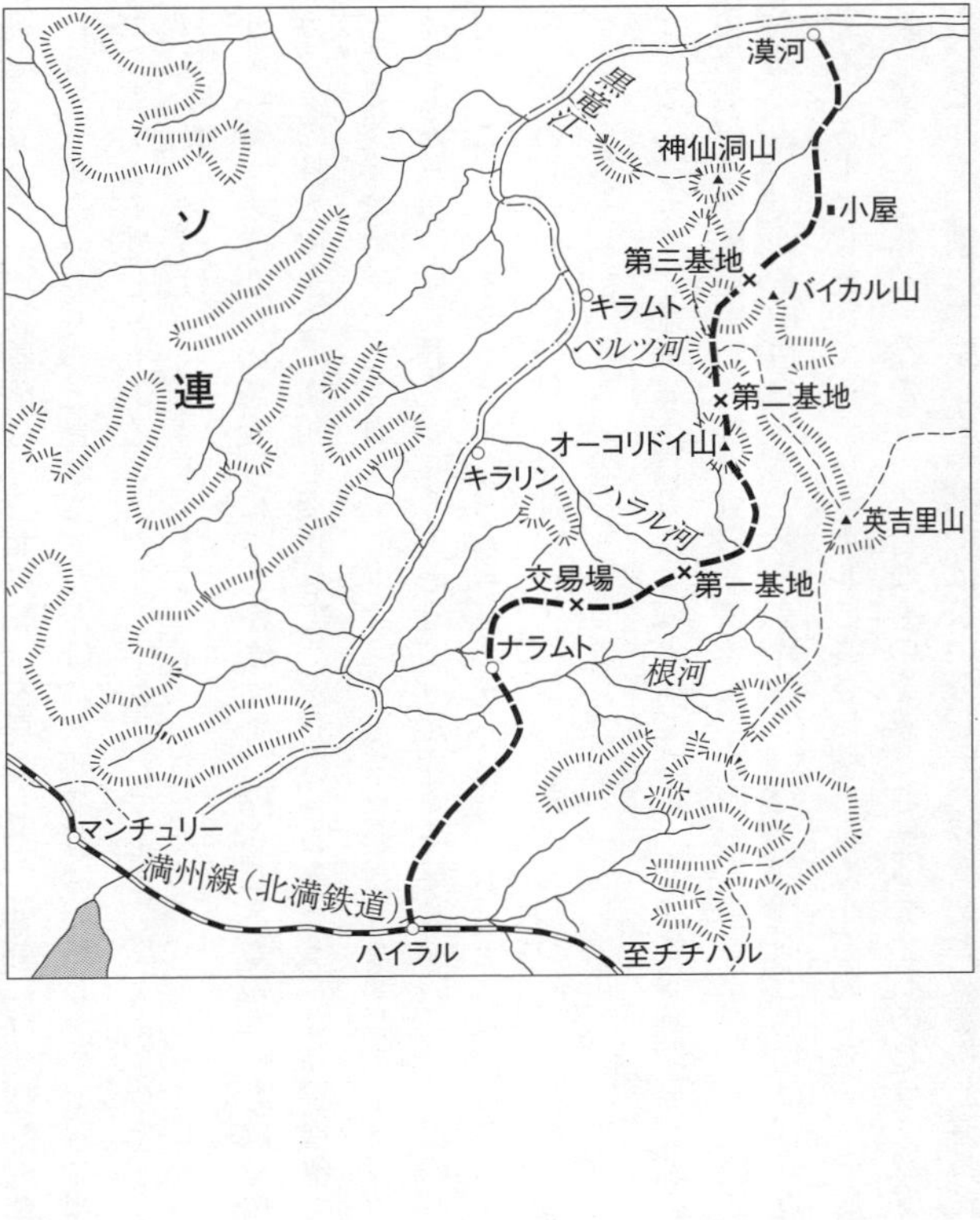
漠河
黒竜江
神仙洞山
小屋
ソ
第三基地
バイカル山
キラムト
ベルツ河
連
第二基地
オーコリドイ山
キラリン
ハラル河
英吉里山
交易場
第一基地
ナラムト
根河
マンチュリー
満州線(北満鉄道)
ハイラル
至チチハル

出発してまもなく、植物班は「五葉《ごよう》の松」を発見した。朝鮮には「朝鮮五葉」がある。満州には、五葉がないものとされていただけに、研究者は、熱心かつ丁寧に標本を作った。学界に発表できる楽しみもあることだし、「五葉の松」とは旅さきのえんぎもよい。「コウアンゴヨウ」と名づけて、祝いあった。

やがて「く」の字がたの急登攀《とうはん》にさしかかった。路らしきものも、もはや無い。シベリアアカマツの林も尽きた。樹相も変化して、木立はみるみる低くなり、展望もききはじめる。雲脚《くもあし》は速くなり、風もきびしい。しばらくして一行は、五葉松のジャングルに出あった。密生した松は、強い枝をからみあわせて、足のふみ場もない。その松の密林をながめて「何だ、こりゃハイマツじゃないか」と、林野局の技士が笑いだした。「コウアンゴヨウも何もあるものか」新発見の品種がハイマツに過ぎぬと知って、学者たちはがっかりした。

ハイマツもやがて、地面にへばりつくほど低くなる。そこで森林限界を越えて、石山に入る。五百メートル登れば、すでに頂上である。

老齢期に入っている山岳の岩は、もろく砕けていた。陰惨な岩場には、一点の雪もない。岩の苔も、みじめに乾いて、一メートルの高さに積まれた小石のピラミッドに、寒い風が鳴った。雲の色は暗く、冷たく、不吉なものを感じさせる。小石のピラミッドは、ヤクートたちにとって、別に神聖な塔や墓ではないらしい。写真をとるからと言われると、三名のヤクートは気楽にそこへ登った。もらった新しいタオルを首にまき、戦闘帽などかぶり、支給された軍のズボンをはいているから、遊山《ゆさん》にきた青年団の姿だ。だがさすがに、イワンもニコライも、笑顔は見せなかった。

小石のあいだに、うす青いサイダービンが挿入されてあった。ビンには名刺が詰められてある。昨年ここへ登った、京都大学の一行の残したものだ。京大班は西から東へ、山脈の横断に成功したのだ。京大班の調査記は、戦後になって発表された。（第三班の行動については、いまだに公表された記録がない。）もう一本のビンからは、陸軍省測量班、五名の名刺が出た。白々として今にも風に吹きとばされそうな小さな紙片は、悠久にして冷酷な自然の歴史に、一瞬のはかない抵抗をしているように見える。

地曲は、自然でも人間でもかならず征服して見せると豪語する男だ。岩陰で晩《おそ》い昼食をとったときも、彼が隊員の中で、一ばん疲れを見せていなかった。だが、古宮に話しかける地曲の横顔は、いつもより一そう蒼ざめていた。「俺は畠の奴の本心を、いろいろと考えてみたんだ」荒涼とつらなる山脈の大波には目もくれず、彼はそこでもそんな話をした。「もしかしたら、畠はくだらん好色漢にすぎんかもしれん。これが第一の考えだ。さもなけりゃ、ヌサみたいな女に手をつけるはずがないだろ。奴はどう見ても、ヌサにほれてるよ。あれだけ女にバカにされながら、未だに女が殴《なぐ》れないんだ。だが俺には、もう一つ考えがある。奴はもしかしたら、おそろしく利口な男かもしれん。利口な男は、まず自分の命を何より大切にするもんだ。奴は命惜しさに、ヤクート女を女房にしているのかも知れんよ。日本が敗けても、奴は生きのこりたいんだ。敗けても生きのこるためには、興安嶺では、ヤクートの仲間入りするより方法がないからな。君も命が惜しかったら、今のうちからせいぜい、ヌサにでも親切にしとく方がいいぞ」

水筒の茶は冷え切っていたし、岩肌は意地わるく冷たかった。だが、古宮が身ぶるいしたのは寒気のためではなくて、憲兵中尉の徹底した「人間論」のためであった。

「あんたは、どうなんだい。あんたもヤクートには、ずいぶん親切にしてやってるじゃないの」反抗も皮肉もぬきにして、古宮はそうたずねずにはいられなかった。

「俺は転向者とちがうからな」地曲は斬りつけるように言った。「俺は今まで一回だって、命惜しさに自分の信念を裏切ったことはないよ。これから先だって、そうやって生きていくさ。死ぬときは、やっぱりその気で死ぬさ。な、おぼえとけよ。な、君らと俺とは、人間の種類がちがうんだからな」

疲れ切った古宮は、降《くだ》りの路で、ハイマツのステッキを作った。マツの枝はしなしなして、すがって降りて行くうちに、二本も三本も折れた。

オーコリドイを過ぎると、森はふたたび深くなる。直径が二尺もあるシラカンバの巨木が、すっくと立っていたりする。ヒナカンバの林は、竹の林に似ていた。その茂みはハイマツの茂みと同じに、歩きにくいことこの上もなかった。「コウアンヤマドリ」や鷲にも遭った。ものすごい山火事の痕《あと》もあった。焼け残ったカラマツの幹は、黒塗りの櫛《くし》の歯のように、並び立っていた。火葬されたアカマツの屍《しかばね》が、そのカラマツの列に横合いから、斜に倒れかかっていた。鷲は、そんな痩せ枯れた林のはずれで、人間たちを凝視している。ヤクートの弾丸も、この王者の飛翔《ひしょう》を止めることができず、鷲は遠い谷間へ羽音もなくすべり下りて行く。

古宮がヌサの美しさを知ったのは、初雪の朝であった。

或る夕方、宿営地につくと、トナカイ部隊は常の日より騒々しく立ちはたらいた。皮革や樹枝で細工物をすることもせず、すぐさまバラカンの仕度にかかった。日本人のテントを手助けするより先に、自分たちの支柱の枝を切りあつめ、巻いた厚布や毛皮をほどいた。地曲がイワンにたずねると、たった一言「テンキガカワル」と答えた。

その夜、炊事場のキャンプでは、畠「夫妻」の喧嘩《けんか》があった。喧嘩とは言っても、ヌサが一方的に罵《ののし》りつづけたのである。古宮には、ヤクート語の喧嘩の原因など、知る由もない。ヌサの傲慢と、畠の卑屈をにがにがしく思うのみである。

次の朝、古宮はテントを出て、まばゆい銀世界に目を見張った。雪の深さは約一尺。昨夜の騒ぎが気がかりで、彼は畠のバラカンを見に行く。バラカンの一方はあけはなしておき、そこで焚火するのが、ヤクートの習慣である。消えた焚火の跡には、煙も起《た》っていない。白カバの皮を張りめぐらした裏側に廻ると、ヤクート女の脚が二本、雪の中に突き出されてあった。靴なしで投げ出された足は、なかば雪に埋まって、なおさら黒く見える。もう二本、別の女の足が並んで、白雪の下にあった。どちらも、ヌサの足でないことは、入口からのぞきこんでわかった。畠の傍《かたわら》に寝とぼけているのは、二人とも炊事の手助けをする、ヌサより若い娘であった。

ヌサはバラカンから二メートルほどはなれ、雪をかぶって寝ていた。一面にかがやく雪の起伏の中に、顔の部分だけ、孔のように、雪の色が消えている。毛皮を敷き、枯草の陰に睡《ねむ》ったにせよ、全身は一尺の雪に埋まったままである。古宮の近づく気配に、彼女は起き上ったが、雪の蒲団《ふとん》の下から脱《ぬ》け出すのに、身をもがかねばならなかった。彼女は上半身を起しただけで、ニコリともせず古宮を見つめた。怒りと警戒の念をふくんだ、突き刺すように鋭い眼つきであった。黒髪をゆさぶって革の衣の雪をはらいながらも、その何物をも許そうとしない眼つきは変らなかった。彼女は一度、敏捷に雪ベッドの外に立ってから、身をかがめて雪を掻きのけた。そして、今まで彼女の敷いていた鹿の毛皮をまくって、その下から一振の短刀を取りいだした。ウトカンと呼ぶ大型ナイフは、斧となり、槍となり、料理用の刀ともなる。古宮は、ヤクート婦人がそのような武器を携えているのを見るのは、はじめてだった。ヌサは、ウトカンの木製の柄をしっかりと握り、革のサヤの工合をたしかめてから、それを革衣の下に納めた。朝風と冷気と雪の反射の中で、ヌサはみちがえるほど、堅実で考えぶかそうに見えた。多すぎもせず、少なすぎもせず、丁度必要なだけの森の精気を結晶させてこしらえた「美女」は、おそらくその瞬間のヌサの他にあるまいと思われた。あいまいなもの、不必要なもの、弱々しいもののすべてを削りとって、「大丈夫、これでできあがったぞ」と神が下界に投げおろした女体のように思われた。

　ヌサは畠のバラカンに入り、バケツを二つさげて出てきた。彼女は、畠にも古宮にも、二人の娘にも声をかけず、はだしのまま、二百米下の流れに水汲みに行く。まだ起き出して来ない日本人隊員や、気候の激変や、足の冷たさなど眼中にないようすで、ひたすら強健に、かつ黙々と谷へ降り、また登ってくる。彼女がバラカンの入口までもどると、畠が恥ずかしげにためらいながら、彼女を出むかえた。ヌサが「夫」にバケツを手わたすと、畠は「アア」とかすれた声をもらした。その畠の「アア」には、安心と情愛ととまどいが、弱々しくまじっていた。ヌサは別のバケツをうけとり、またスタスタとはだしで雪を踏みしめて行く。二回目の女の後姿には、一回目にはなかった一種のやさしみがこもっている。そのやさしみは、ハンダハンの皮のように丈夫で、花苔の色のように、ひかえ目なものだ。だが彼女がうっかり「夫」に示した、その朝のやさしさは、古宮の心を打った。それは恵まれた転向者が、いつのまにか、見ようとする願いまで失ってしまっていた「強者のやさしさ」であった。

　雪の消えるのを待って、調査隊は二日、休息した。隊員は地下足袋だけは、一人あたり十二足用意してきたが、防寒靴を忘れてきたからだ。

降雪のあと、山の風景は一変した。樹々はまばらに紅葉し、コケモモやヤマイチゴの実の色どりはなくなった。高くそそり立つ老木の中段には、風葬の墓が見うけられた。鳥の巣のように、細い木を組みならべて、物見台の如く宙に掛かる「墓」は、屍を載せていなかった。野鳥のくちばしや、風雪にさらされた白骨が、それとわからぬほど小さく残されていた。ヤクートたちは顔をそむけて、足ばやにその下を通りすぎた。

鹿の交尾期が近づいたので、畠のこしらえた鹿笛が役に立った。メス笛の音にオス鹿が慕いよるとも言われ、また、オス笛の鳴るのを聴いて、メス鹿を呼ぶオスをめがけて、別のオスが近づくとも言われる。鹿の通路を偵察して、塩を撒《ま》いて、風下で待ち伏せする。日没と同時に指定の位置についてからは、音をたてることは許されない。一語でも発してはならないし、小便も寝たままで、音のせぬようにしなければならない。そのため、ヤクートは、鹿狩にだけは、日本人を連れて行きたがらない。ヤクートのしとめた、二頭の肉は、土産用に持ちかえるため、味噌漬にされた。五段の枝を持つすばらしい角は新京に住む「総理」と「長官」に贈られるため、カモシカの背ではこばれた。

第二基地で食糧を補給して、最後のコースに入る。交易場へ向う本道である。漠河からは無電連絡で、馬を連れた満人の出迎えをうける地点が、指示されてくる。馬車隊はすでに、漠河を出発していた。

十月三日、指定された場所に到着した。そこが、ヤクート部隊と日本人隊員との別離の地点であった。古宮が、畠と別れる地点でもある。地曲は、ヤクート隊にあずけておいた品物の員数を、厳重にしらべた。金銭、時計、カメラ、服、シャツ、食事用具、ごく小さな物でも何一つ紛失していない。隊員は今さらながら、ヤクートの正直と純朴に感嘆した。首領イワンは、ヤクート自身の荷物も調べてくれるよう、隊員に申し出た。地曲の命令で、古宮はいやいやながら、その役をひきうけた。カモシカ隊の荷を一つ一つ、隊長と共に調べて廻る。

包みをひらいて出てくるものは、缶詰のアキ缶や古新聞、隊員の穿《は》きすてた地下足袋、破れた古シャツ等であった。調査を成功させてくれた森の人々の、貧しさとつつましさに感じ入って、人情家の隊長は目がしらをうるませた。「ヤクートはいいな」「帰るのがイヤになった」「忘れられない」と、隊員は話しあった。

別れの酒宴の夜、ヌサは踊りの輪に加わらなかった。畠の方が、今までになく泥酔した。古宮も酔って、畠の手を握り、畠の肩を抱いた。「われらは、良き人間であらねばならぬゾ」と古宮は言った。「われらは、悪しき人間でありたくはないんだ」「だまれ！」「だまらん。汝《なんじ》がヤクート女を女房にしたのは、はたして運命にしたがったことなのか、それとも運命にさからったことなのか」畠は首を垂れて、しばらく答えなかった。首をあげると、両眼をとじて彼は言った。「お前は帰るんだ。俺は残るんだ」「それが、どうした」「地曲も帰るが、奴はまたもどってくるんだ」「それが、どうした」「奴の運命は、俺の運命とくっついているんだ」と、畠は言った。「それが、どうした」「くっついているんだ。しまいまで、くっついているんだ」と、畠は予言者のように繰りかえした。事実、二年ののち、その夜の彼のことばは、正確な予言となったのである。

馬車隊の馬のいななきと、黄色い土埃《つちぼこり》のなかで、ヤクートの娘たちも少年も、固く隊員の手を握った。なつかしき興安嶺よ、さらば、カモシカ隊よ、さらば。

一週間ののち、一行は盛大な歓迎をうけて、漠河の街に入った。日本人住民の歓迎が熱狂的だったのは、南方へ脱出する「路」が保証されたからであった。

昭和二十年八月、ロシア国は日本国に対して宣戦の布告を発した。漠河の日本人は、ソ連軍の侵入を避けて、興安嶺の「路」を南へたどろうとした。しかし、調査隊をあのように楽しく導いてくれた「路」は、七十名の脱出者のうち、わずか七名をしか生還させなかった。生還者の中には、畠の名も地曲の名も無いのである。

脱出者の隊長は、むろん地曲中尉であった。地曲は単身、ヤクートのカモシカ隊に連絡し、彼らの同行を強いた。イワンやニコライが、かつての指揮者の命令を拒否しようなどとは、彼には想像もつかぬことであった。「もしも我らが、それだけの人数の日本人を南方へ送りとどけたならば、我らのカモシカは全滅するであろう」と、イワンはしずかに答えた。地曲は、逆上した。彼は、もはやヤクート部族の一員になり切っていた畠に、イワンの意志をひるがえさせるよう仲介の労をとってくれと頼んだ。畠は首を横に振った。激怒した地曲は、ヤクート族の忘恩と畠の裏切をののしった。彼は軍服の胸を叩いて「オレの要求をいれないのなら、オレの呉れてやった鉄砲で、オレを射殺しろ」と叫んだ。ニコライもイワンもヌサも、哀れむように日本人将校の興奮ぶりを眺めていた。ヤクート族のあいだには、死刑の習慣がない。極悪人に対する極刑も、族外への追放にすぎない。まして地曲は、彼らにとって、さしたる悪人ではないのだ。「ニコライ、きさまはオレに対して、あんなに忠実だった男じゃないか。さあ、射てるものならオレを射ってみろ」「コロスノハイヤダ」困ったように、ニコライは言った。「殺せ。殺されたいんだ。殺せ」と、地曲はなおも叫ぶ。ヌサは青年の耳に、何かささやいた。巫女の命令は守られねばならぬ。ニコライはうなずいた。「コロサレタイカ」青年はつぶやいて、小石を拾いあげた。そして、かつて樹上のリスをねらったあのやり方で、地曲の眉間《みけん》を割った。

地曲が倒れ伏すのを見ると、畠はヤクートの群をはなれた。彼はひとり、隊長の帰りを待ちこがれている日本住民の集結地に向って、歩きはじめた。ヌサは泣き叫んで、去り行く「夫」に追いすがろうとしたが、ニコライに抱きとめられた。もしも畠が、ヤクートの群の中にとどまったならば、彼がもう少し永く生きられたことはまちがいない。畠自身も、ヌサの「夫」として、いつまでもヤクート人の仲間でありたかったのだ。だが、脱出者には案内人が必要だったし、この転向者は「死ぬまでに何か一度は、いいことがしたかった」のである。

（昭和十八年の調査隊は、第二班までで、第三班なるものは実在しない。第二班の川瀬潔氏の「手記」を参考にし、別に三名の隊員の方々からお話をうかがった。シロコゴロフ「北方ツングースの社会構成」も参照した）

烈女

そのころ大清帝国《だいしん》(と自称する)われわれ日本のお隣りの国では、男という男は「文化だ。文化だ。自由だ。自由だ」としきりに叫んでいました。「道徳だ。道徳だ。礼儀だ。礼儀だ」ともさかんに主張していたようです。なにしろこの国はこれ以上の平和は、ありえないくらい(外見だけは)泰平無事だったので、さすがに「平和だ。平和だ」とかな切り声でさわぎたてる必要はありませんでした。ほんとのことを言えば、やれ文化だ、やれ礼儀だ、などと今さら要求するのも馬鹿げた実状だったのです。何故かと申しますと、知識のある上等(?)の男たちはお喋《しゃべ》りをする以外に何の能もないグウタラベエになってしまっていたからです。これらの男たちは自分たちには何の力もないのだという醜態を女たちに見破られるのを怖《おそ》れて、なるたけ女たちにはわかりにくい美辞麗句について、いい気になって議論しあっていたのです。それだけでけっこう一人前にその日その日を暮して行けたのです。

と申すのは、そのころの中国では、実際に政治をとりおこなっていたのは国民ではなくて北方から侵入した異民族だったからです。この外国人が中国を征服して、中国を自分たちの思うとおりに支配しておりました。教育も軍隊も貿易業も、その他あらゆる重要な仕事は外国人の手中にありましたので、当時の中国のインテリは、あたりさわりのない議論をするのをたった一つの任務と心得ていました。

しかし女たちの中には、なかなかきかぬ気の人物もいて、これらの男たちをたよりない奴らめと考え（或は感覚し）ていました。ことに烈女と称する女たちは、いくじなしの男たちを驚嘆させるような、元気のよい生き方をいろいろのやり方で示しました。「烈女」と申すのは、主として中国が異民族との戦争に負けて、その権力の下にひれ伏すたびに、やむを得ずはなばなしい死に方をする一群の女たちを指すのです。なにしろ何回となく徹底した負けいくさをした中国のことですから、烈女の数はかぎりがありません。つまり烈女の数が驚くほど多いということは、それだけ不烈男《ふれつだん》の数が多かったことを物語っています。

ここに申しのべる月児《げつじ》という女子は、一風変った烈女の一人であり、彼女のなすこと口走ることのすべてが、男たちのやかましく主張していた、文化や自由や道徳や礼儀とははだしく喰いちがっていて、むしろ常にその正反対をやってのけました。彼女の生き方がはたして正しかったか、それとも男たちの主張が正しかったか、それは皆さまの御判断にまかせましょう。これは日本の明治維新のころ韓子雲《かんしうん》と呼ぶ上海《シャンハイ》の市井《しせい》に隠れた文人が創作したちょっと皮肉な可能性の文学の見本であります。

月児は娼婦でした。もちろん絶世の美女、黒髪は漆《うるし》のようにねっとりと光り、ひとひねりひねれば折れそうな可憐な乙女でした。十四歳のとき、よた者の阿三という男に、或る淋しい寺へおびきよせられ、強奸《ごうかん》されました。泣き叫んでも救い手はなく、必死の抵抗もむなしく、あわれ汚されてしまいました。その悲惨な試煉がすむと月児は阿三に、「何て言うことをするの、このひとは！」とおちついて言いました。「あんたがそれほどわたしを好きならば別に言うことはないわ。明日わたしの家へ来て、正式に結婚の申込みをすればいいわ」

「……それでいいのかい、お前さんは……」

話があまりうますぎるので気味わるくなった阿三は、約束を守りません。ある日のこと月児は乗物で外出した折に、途中で阿三を見つけました。さっそく彼女は男をわが家に連れ帰り、大声あげてその不実を叱りつけました。何という非人情、何というだらしなさ。そう頭ごなしにのしられて、阿三は、イヤ何とも面目ないと、おわびのしるしに自分の横ッ面をピシャピシャ殴《なぐ》って見せます。それでやっと機嫌をなおした月児は男を愛人としてもてなし、それから二人は毎日仲よく往来していました。

母親の方は悪いうわさのたたぬうちと、月児に水あげの客をとらせようとしますが、娘はいっかな聴き入れない。怒った母親は阿三の出入を禁止しましたが、月児は別だん泣きも悲しみもしません。

さて月児の東隣に徐《じょ》という名門の邸宅があります。その長男が勤勉がきらいで、賭《かけ》だ女だと遊び暮している。みるにみかねた父親が戒めるが、馬の耳に念仏。ついにかん忍ならぬと怒り猛った父の鞭《むち》でさんざん打ちこらしめられ、息子は家を逐《お》い出される。どこへ行くあてもなく、若旦那は門の外に這《は》いつくばって泣き叫ぶ。その声を聴きつけた月児は、「まあ何という悲しそうな声だろう」と女らしく同情しました。

門に出て息子を見ると、そのわけをたずねる。男はすすり泣くばかりでろくに返事もできない。何とも痛ましいと、彼女は抱きかかえるようにして男をわが家へ連れ込みました。そして母に向って、「お母さん、金のなる樹がほしくないこと」とたずねました。

「徐の若旦那は立派な生れの方。父上にお叱りをうけてお屋敷にはもどれない。食事のめんどうだけでも見てあげたらどうかしら。勉強次第で、いくらでも伸びる才能の方でしょう。この方が国家試験にパスさえすれば、お母さんもそれだけの得はできるわ。わたしも恩にきるわよ」

母ももっともと承知して、離れの部屋に若旦那をかくまうことになりました。

若旦那の傷はうみつぶれて、ひどい臭気を発散する。彼女はその手当を丁寧にしてやるばかりか、唇を着けて吸ったり嘗《な》めたりしてやる。感動した男は枕に涙の頬をこすりつけて礼を言う。傷がなおると彼女はすぐさま日課をたてて、若旦那に読書をさせる。その点は厳格な教師の役。夜になると添い寝をする。この方は正式の妻のかたちであります。

これを知った阿三はムラムラと嫉妬の焔をもやしました。

無頼漢をかり集め、夜に乗じて門の戸をぶちやぶってなだれこむ。肝《きも》をつぶした母は逃げ去って、若旦那は風前のともし灯。ガバと起き上った月児は、「何をする」と鋭く阿三に向って叫びました。「指一本でもこのひとに触《さわ》ってごらん。わたしの血がお前さんの着物に飛び散るよ」その勢いに気を呑まれた無頼漢たちはワアッと鬨《とき》の声をあげて立去ります。

次の日、彼女は単身で阿三の住む寺へ出かける。何事ならんと寝ぼけまなこで出て来た阿三を彼女は、「わたしは決してあなたを裏切ったわけではないのよ」とねんごろに諭《さと》しました。「お母さんとわたしの仲がまずくなったのは、みんなあなたが約束を守らなかったからじゃないの。もしあなたにまだ愛情があるなら、時期を待つがいいわ」阿三はもちろん今度こそはと誓いを立て、双方気持良く別れました。

一方、徐の長男は都の試験に出発する。月児は自分の持ちあわせの宝石や装身具を質に置いて、その旅行の仕度をととのえてやる。帰る日はいつ、結果はいかにと、夜の眼もねむらずに待つ。やがて第一番の好成績にてパスしたとの通知が、都から到着する。月児の家では家内一同おどりあがって喜びました。

若旦那は故郷へもどると、すぐに月児のもとへ御礼に参上する。彼女は笛太鼓ではやしたてて長男をその家へ送りとどけました。

徐の父親の喜びはひとかたならず、みずから月児の家へ出向いて、ふつつかながらわが伜《せがれ》の嫁になって下さらんかと彼女に頼みました。

「わたくしが若先生のお嫁さんにって、とんでもない」と彼女は笑うばかり、はっきりと辞退する。もったいないことをする馬鹿娘がと母親はやきもきするが、月児の決心は変らない。それではと、徐家では千金を贈りましたので、やっと母親も気がすみました。

月児は阿三を呼びよせて結婚の相談にとりかかる。ところが阿三はひどい貧乏で到底、その仕度をそろえることができない。すったもんだのあげくに破談となる。それからと言うもの名妓月児の評判は一ぺんに高まり、豪族名門の子弟が争って結婚の申込みに殺到しましたが、どうしたわけか、なかなか彼女の気に入る男がありません。

そのうち同じ街の宋《そう》と申す役人の下僕で陸升という男が、自分で月児を嫁にと所望に来ました。月児は不思議なことに、「この男ならわたしの夫にしても」と承知しました。

陸升は吉日を択《えら》んで彼女を嫁に迎える。主人の宋のもとへ妻をお目みえに連れて行く。宋は一見して月児のあでやかさに驚きあきれました。それからというもの宋は隙を見ては彼女を呼び出して、何やかやと甘い言葉をささやく。彼女はこれに対して、やさしく微笑して答えない。役人はこの調子ならこの女は物になると察したので、陸升を遠く広東《カントン》福建の方面へ手紙を持たせて旅立たせました。

夫が出発したその夜、陸升の家へ宋が乗りこむ。月児は驚きもしないで、彼を寝室に入れました。役人はもはや彼女にうつつをぬかし、戯れあっては楽しい月日を送る。もうそろそろ陸升が旅からもどる時分と見はからって、はじめて彼女の傍を離れました。

陸升はうすうすそれに気づいて、月児に問いただす。彼女は匿《かく》すでもなくスラスラと事実をのべました。怒り狂った陸升は月児を縛りあげて梁《はり》につるし、鞭打つこと三百回におよびました。

彼女は少しも怖れず、うらみ怒って、「わたしは何もあなたを裏切りゃしない」と主張します。「それをこんなひどい目にあわせるなら、あなたの主人に訴えるよ」それを聴いてますます怒った夫は太い針で彼女の股をズブズブ刺す。血潮はたらたらと流れ落ちるが彼女は眼を固くとじて、うめき声一つたてません。

いじめ疲れた陸升が出て行くと、隣家の老婆が忍び入って、縄をほどいてくれる。彼女は苦痛をこらえて、役人のもとへ馳《か》け入って訴えます。宋は弱みを匿《かく》して役人らしい偉そうな笑い方をしてから、「陸升の奴がお前をどうすることもできやせんさ。いい、いい。わしがあいつを処分してやるからな」と軽く言う。

月児はビリビリと下着を破いて自分の股を役人につきつける。「わたしはあなたのために虐待されて死にそうな目にあってるんですよ。それを慰めの言葉一つかけずに笑うとは何事ですか」役人もさすがに自分が悪かったと頭を下げました。

「わたしがあなたの所へ訴え出たのは、わたしの苦痛をあなたに知らせるためですよ」と彼女はキッパリ言ってのける。「何もわたしの夫をどうしてくれと言うのじゃありません。

あなたが夫にしずかに言いきかせて、わたしを虐待しないようにさせてくれれば、それでいいんですからね」

「話はよくわかった」と役人は表面だけ言いつくろって彼女を帰す。

月児が立去ると、役人は屈強の部下七、八人をつかわして、街なかで陸升を捕縛する。それを県の役所へ連行して、盗賊をめしとりましたといつわりの訴えをする。陸升の申しひらきは聴き入れられるわけもなく、県役所では彼を無ざんな拷問にかける。陸升の両脚の皮肉はそのためにすっかりグチャグチャにくずれる。月児がその知らせを受けたときには、夫はすでに獄中深く投げこまれています。彼女がふたたび宋の屋敷にはせもどると、門はピタリと閉じられて入ることができない。石段の下に坐りこんで精も根もつきはてた月児はひた泣きに泣くばかり。道行く人々はそのわけを彼女の口から聴かされるとみな、そのためにすすり上げてもらい泣きをしました。

さてさて迷惑千万なことだと役人は召使いの女たちに月児を助け起させ、ともかく家へ送りとどける。自分でも出向いて、しきりになだめすかす。「まあ何もお前に罪があるわけじゃなし、お前さんがそうまで苦しむことはなかろう」「わたしに罪がない？」彼女はかつは泣き、かつは声をふりしぼって叫びます。「そんならわたしの夫に何の罪があるの？あなたがわたしの夫に腹が立って、杖《つえ》で打とうが、殴ろうが、それは主人たるあなたの勝手。刀で斬ろうが釜で煮ようが、主人の手にかかって、その気のすむように殺されるならまだしものこと。それを獄吏《ごくり》の手を借りるとは何事ですか。あなたはとんでもない失敗をしましたよ。夫の死ぬのをこのわたしにまざまざと見せつけておきながら、わたしがどの面《つら》さげてあなたの言いなりになると思うの？　これであなたの物にわたしがなったとしても、夫を殺して他の夫に乗りかえさせ、あなたひとりそれで平気でいられますか」

さすがの役人宋も恥じ入ってすごすごとひき入りました。

月児の哭声《なきごえ》は日夜絶えない。阿三がその門を叩いて、「どうしたわけか」とたずねる。彼女は顚末《てんまつ》を彼に告げました。「こりゃ面白い話じゃねえか。何も泣くにはあたらねえ」そう言う男の顔に女は唾《つば》を吐きかけました。

「泣いていても仕方がねえや。俺以外に誰がお前さんの仇《かたき》を討つと言うんだね」阿三は女の手を振り払って威勢よく走り出す。

その夜、阿三は短刀を懐中にして垣根を越えて宋の家へ忍び入り、役人の首をかき切って皮袋に入れ、たちもどって得意げに月児に見せました。つくづくと打ち眺めていた彼女は、アッと驚きの声を発した。いきなり大声で、「あんた何故わたしの主人を殺したの」と怒鳴り出す。「あなたはわたしの立場を台なしにしてしまったね」怖くなった阿三は逃げようとする。月児は抱きついて放さない。彼女の叫びを聴きつけた近隣の人々がドヤドヤと集まってとりかこみ、阿三を犯人として県役所にひき連れる。県の役人もやっと事情を悟り、阿三を投獄して、陸升を釈放しました。

しかし月児は、「阿三はわたしのために大罪を犯したのだから」と主張して、獄中の阿三を訪れては差入物などまめまめしく運ぶ。陸升とても阿三は自分の大恩人と身にしみているので、何とか救い出そうと、役人たちにとり入って骨を折ります。ところが夫のその行為がかえって月児を激怒させました。「阿三はあなたの主人を殺した男ですよ」と彼女は今度は夫を罵《ののし》る。「あなたはその仇を討たずに、阿三を恩人あつかいするんですね。そんなひとを夫にしているわけにはいきません」そのまま月児は母の家へ帰ってしまう。

徐家の長男はもらった嫁がほどなく死に、依然として独身でいます。母の家にもどった月児を徐家の秘書として迎え、旧交をあたためました。

若旦那は陸升をもわが家へ傭《やと》い入れて同じ屋根の下に置くことにしました。陸升は陸升で、新しい旦那の力にすがって獄中の阿三を救い出し、彼を主人にひきあわせる。そこで主人は阿三をもわが家の下僕の一人とした。（たぐいなき精神強烈の美女月児と多少にかかわらず肉体関係のあった三人の男が残らず一つ家に暮すこととなったのです。ここらあたりのモラルの複雑な様相はフランス国の新進哲学者さるとる氏にでも分析してもらいたい）

陸升は、もとより月児は、とっても自分の手にはおえぬとあきらめている。そこで主人に、「わたくしめは、飯炊《めした》き女が分にあっております故、誰か下女の一人と結婚させて下さい。月児はやはり御主人の物になさった方が」と申し出ました。主人は大喜びで、すぐさまこの件を月児に相談する。すると月児はまたもや怒りました。袂《たもと》を払ってきっと起ちました。

「わたくしは今日まであなたを人間らしい人間と思っていたのに、あなたはわたしを堕落させようと毎日企んでいたのですね。禽獣《きんじゅう》にも劣りますよ。このままでいたら女のわたしはあなたの思いどおりになってしまいますから」そう言い棄ててよろめくように徐家を出奔しようとする。陸升が地にひざまずいて彼女の足にとりすがったので、やっと彼女は思い止まりました。

その日からのちは彼女は主人とは口をききません。主人を避けて別の路を通るようにする。若い主人はただはるか遠くから彼女の姿を打ち眺めては失恋の悲哀に打ち沈んでいます。はた目にも痛ましい落胆ぶり、その真情に打たれたのでしょう。月児もついに、「あなたが心からわたくしを愛されているなら、わたくしとてもその情に感ぜぬわけにはいかないのです」と打ち明けました。「わたしの心はあなたは先刻よく御承知のはずです。しかし互いに心と心とがよくわかりもしないのに、かりそめのざれごとを申すものではありません」

若旦那は天地に誓って、自分の誠の変らぬ事を訴えました。

その夜、月児はひそかに主人の部屋を訪ねました。

「あなたと寝室を共にし、あなたの身のまわりをお世話するだけでしたら、わたくしはさしつかえありませんわ」と彼女は言った。「けれども古い夫を棄てて新しい夫をえらぶこと、そのような形式であなたにおつかえするわけにはいきませんの」

ついに主人との相談はまとまり、月児は奇数日には陸升の部屋に、偶数日には主人の部屋に、泊ることにしました。陸升は男としてこれではたまりません。阿三とひそかに計画をたて、ことさらに月児と夫婦喧嘩《ふうふげんか》をしでかして、それを理由に、福建へ商売に行きたいと主人に願い出る。許しを得ると阿三と二人で旅に出る。陸升は旅さきで計画どおり福建地方に多い蛋人《たんじん》の女を買いとって妻としました。その由を報告させるためにまず阿三を先に主人の家に帰す。

月児はまさかそれが事実とは信じられない。ところが陸升は阿三の報告どおり、蛋人の女を妻として、連れだって彼女の前に現われました。夫の口から事実まちがいなしと告げられると、月児は逆上しました。（中国人が人を呪《のろ》うときによくやるように）指を天に向けて、戟《ほこ》の形につき立て、大いに夫を罵ると、五体を地面に投げうち、壁に額をぶつけて、しゃにむに自殺をはかる。驚いた主人は下女たちに命じて別室へ彼女を助け入れ、熱心になぐさめさとすが彼女の興奮はそんなことではとてもおさまらない。真夜中に帯を解いて首をくくろうとして、人々に発見され、ついに死ぬことができません。

想えば月児は強奸という女性にとって致命的な事件を手はじめに、五重六重の困難きわまる男女関係の渦に捲《ま》きこまれながら、よく悪戦苦闘して、倫理道徳の定則をここまで守りつづけて来たのです。その倫理道徳たるや能なしのインテリ男と、支配者たる外国人がまあこのへんでよかろうという、わが身に傷のつかぬ工合にしてこしらえあげた一時的の申しあわせにすぎないのに、この可憐なる美女は、けなげにもそれにすがって無理に無理を重ね、もはやわが身は次から次へと出現する矛盾の厚い壁にすっかりとりかこまれ、息も絶えだえ、理性も錯乱、自分の行為の正不正さえ見定める鏡のない闇の中に落ちこみました。しかし彼女をとりまく男たちは何一つ彼女のためにしてやることは不可能なのです。筆者にしてからが、こうまで曲りくねった事態のとりことなってしまった月児を、これから絶望させるべきか、達観させるべきか、ただ呆然として手をこまぬくより致し方がない。ですから一生のしめくくりに彼女のしでかした奇怪な行為が何を意味したか、それは読者の方で自分流に解釈していただきます。

いずれにしても夜が去れば暁の光りがおとずれる。その朝まだ暗いうすあかりの中に倒れ伏している月児を見舞いに主人が部屋に入ってみると、苦しまぎれに自分の手でひきむしったものか、美しかった女の黒髪はほとんど脱け落ちていました。尼になりたい、と月児はこわばってすでに内部的に全く変貌した顔を僅《わず》かにもちあげ、主人に申入れました。

神ならぬ若者は泣くばかりです。月児も泣きましたが、何のために何者に向って号泣したのか彼女自身判断できないでしょう。何はともあれ、彼女はかつて阿三の悪事の根拠地であった寺に入って尼となりました。

庵主《あんしゅ》は一目彼女を見ると大へんに気に入り、「この方は仏の性をそなえていられる」とつぶやきましたが、彼女の経歴を伝え聴いている尼僧たちはみな冷笑苦笑に口をゆがめました。しばらくすると、若主人が寺を訪ねる。いそいそと出迎えた月児は何のためらいもなく彼を禅室《ぜんしつ》にひき入れ、夜もひきとめて肉体の関係をつづける。陸升が来るとまた彼をも泊め置いて、男女のたわむれをする。それと知った尼たちは庵主に密告する。庵主はしかしとがめようともしない。尼たちの騒ぎは次第に大きくなり、村の父兄や有力者を召集して大会をひらき、この異端外道《げどう》の女を寺から放逐《ほうちく》すべしと決議しました。月児はいささかも美しさの衰えぬ蒼白《そうはく》の顔に怒気をみなぎらせて、腕を振り、地だんだを踏んで、孤独の野獣がほえるように、反抗の発言をしました。

「徐家の長男はわたしの主人である。陸升はわたしの夫である。この二人と寝台を共にするのはわたしの分にしたがうことである。何の罪があってこのわたしを、この唯一つの隠《いん》棲《せい》の場所から逐おうとするのであろうか」

大会に召集された分別をわきまえた男たちは一せいに、「何という醜悪な考えをおくめんもなく喋る女か」と耳をふたぎ、顔赤らめています。月児は長い長い苦しげな嘆息の後に、「あなたがたは共に人間の生きる路、人間のなすべきつとめを語るに足りない。もはやわたしはこのような世の中を去ることにしよう」とひとりうなずき、おのれの居室の窓から外へひらりとおどり出ると、尼寺と外界をへだてる石じきりの上に直立したまま、身動きしなくなりました。おそるおそる近寄った人々が撫《な》ぜてみると、すでに息絶えた彼女の身体はドウと大地に打ち倒れました。男たちは今までのけんまくもどこへやら、ともどもにその周囲をとりかこみ、この畏怖《いふ》すべき女性の屍《かばね》に向ってうやうやしく礼拝して引きあげました。

徐家の若主人は仏具師に命じて彼女の冷たい裸身を金粉で塗り、その眉間には「歓喜《かんぎ》仏《ぶつ》」と朱泥《しゅでい》の三文字を入れ、仏像として永く保存することにしました。

評論　淫女と豪傑

淫女と豪傑は中世の現実を凝結した象徴のような気がする。象徴であるからには、淫女も豪傑も、各々その中世的結晶、それ自身の原子価を持っている。これを現代風の空気の中でバラバラに解きほぐしては、作用を失い、異質物に化するおそれがある。私たちはもはや潘金蓮《はんきんれん》や武松《ぶしょう》を自分たちの家庭に見ることはできない。自分たちの日常思想の裡《うち》に彼らはいない。遠い象徴として生きているばかりである。それだのに、淫女が淫し、豪傑が人を殺す話は今だにどれも面白い。これは困った習慣である。

その面白さは、淫する理由、殺す原因は抜きにして、淫そのもの、殺そのものの裡にすでに内包されているらしい。近代文学の新解釈を必要としない、きわめて動物的な事実の魅惑である。姦淫《かんいん》の場面、殺人の光景だけで、彼らは立派に作品の中に位置を占め得た。それだけで興奮をよび、記憶にとどまる、傍若無人な自己主張をしたのである。

まずこの両者には凡人にはおよびがたい徹底した性格行動がある。それがほかから動かせない絶対性をおびている。強烈な慾望の色彩、あいまいな日常生活の灰色の壁に、遠慮なく絵巻物を描く。その勝手きままな絵画は、淫女豪傑派にぞくする。

淫女と豪傑は互いに吸引する傾向があり、野性の世界で顔を合せたがる。それも平穏な邂逅《かいこう》ではない。淫は殺をまねき、殺は淫をもとめる、結局は豪傑が淫女を殺す、精彩ある物語となる。

「水滸伝」中にその例を求めれば、武松があによめを殺す段、宋江が閻婆惜《えんばせき》を殺すの段、石秀が潘巧雲を殺すの段がある。

傑作はもちろん、潘金蓮が夫を殺し、その仇を武松が討つ、この一段である。兄の仇を弟が討つ、その道義が面白いわけではない。女としての金蓮、男としての武松が象徴的であること。これが他にたちまさっている。「泰山に登らねば天下の高さはわからない。泰山に登っても目観に登らねば泰山の高さはわからない。黄河を観なければ天下の深さはわからない。黄河を観ても龍門を観なければ黄河の深さはわからない。聖人を見なければ天下の極点はわからない。聖人を見ても孔子を見なければ聖人の極点はわからない。水滸伝についても同じこと。水滸を読まなければ天下の奇はわからない。水滸を読んでも設祭を読まなければ水滸の奇はわからない」と批評家金聖嘆はのべている。ではこの天下の奇とは何であるか。てっとり早く言ってしまえば、武松が金蓮を殺したこと、ただそれだけである。ではそれが何故、水滸の奇となったのであるか。

武松の兄の武大は無能の醜夫であった。それが美女金蓮を女房としている。金蓮はもとより不満である。たまたま訪れた快漢武松に彼女はさかんに色目を使うが、しりぞけられる。武松去りし後、彼女はついに成上りの金持西門慶と情を通ずる。それが発覚してから、悪婆のすすめで夫を毒害するに至る。姦夫姦婦が春夢にふけるのもつかの間、武松は突如帰来して兄の死因をさぐり、金蓮、悪婆、西門慶の三人を殺して、兄の霊をとむらう。このいきさつは七十回本「水滸伝」の第二十三回から二十六回まで四回のうちに描写されている。

そして有名な「金瓶梅」も、その構想は、全くこの四回の事実に拠っている。金蓮が西門慶と姦通し、夫武大を毒殺して淫楽にふけり、最後に豪傑の手に命を失う。これが発展して百回となったまでである。しかも一方は豪傑の書となり、他は淫女の書となった。淫女プラス豪傑が水滸伝の世界であった。しかし水滸はその精神に於て、あくまで豪傑の書であった。そのため『設祭』までの四回に語られた事実は、虎を殺した武松の、ホンのいきがかりじょうの女殺し、無数の殺人の序の口にすぎない。武松の眼中には、潘金蓮はつまらぬ多情女、あによめでなかったら口をきくさえめんどうなけだものである。暴風のごとく豪傑道を突進する彼の足にふれた一本の女草であった。

「金瓶梅」の場合はこれと反対である。金瓶梅の第一回は、「景陽岡に武松虎を打ち、潘金蓮夫を嫌って風月を売る」。すべり出しは相似ているが、こちらの主人公は淫婦金蓮である。夫なきあと彼女が西門慶の夫人となり、思う存分楽しみをきわめる西門家邸内の春色がこの書物の大部分をしめる。殺気充満の水滸伝の四回が、らんまんと肉の花を開き、

「金瓶梅詞話」一百回をなした。「金瓶梅」からすれば、武骨者の武松ごときは招かれざる客、風流を解せぬよそものにすぎない。人間らしく暮し、話が通じあえるのは、西門慶をとりまく淫女たちの方である。不時の闖入《ちんにゅう》者武松はここでは、天から降った瓦のかけら、金蓮を殺すための小道具程度の役しかない。「金瓶梅」の世界は淫女プラス淫男の世界にとどまり、豪傑を除外したのである。

水滸伝は武松を通じて豪男百八人の活力を吸収しているが、「金瓶梅」は淫男西門慶の衰弱を見とどけるため、狭い邸内を出なかった。ここに「金瓶梅」が天下の奇となれなかった理由があるのかもしれない。

私は最近、中国文学珍本叢書に収められた万暦本の「金瓶梅詞話」と、金聖嘆の批評改訂した「貫華堂原本水滸伝」の影印本を読みくらべ、淫女の書と豪傑の書の中で活動する金蓮の姿態の趣きのちがいを知り、ひいては「設祭」の奇の根源を多少感得することができた。

潘金蓮が醜男武大の嫁になるまでのくだりは「水滸伝」には次の如くである。

「清河県の物もちの家にめしつかいが一人ありまして母方の姓は潘といい、幼名を金蓮および年は二十あまり、まことに器量よし。その物もちの旦那がじゃれつくので、そのめしつかいはやむなく奥さんに申上げ、言うことはきかぬつもり故、旦那はこれを恨みにおもい、こちらから仕度をして、武大には一文の銭もついやさせずに、ソックリ嫁にくれてやりました」

「金瓶梅」では、

「幼いときから器量よしで、纏足《てんそく》の足がまことに小さいことから幼名を金蓮とよび、父が死ぬと母は暮しがたたず、九歳から王招宣の屋敷に売られ、弾きもの唄いものを習いましたが、眼ぶり口ぶりあざやかに、紅白粉《べにおしろい》もこってりと、髷《まげ》たかだかと結いあげ、身に合った服をつけ、ごたいそうに、しゃなりしゃなりとかざりたて、まして根がすばしこく利口者、十五にならぬうち手芸音楽ひととおりならいおぼえ、ことに琵琶《びわ》が上手。後に王招宣が死ぬと、おふくろは三十両でいそぎ張という物もちに転売しました。十八歳ともなりますと桃の花のかんばせ、細い眉は新月のよう、旦那は何とか物にしようとしましたが、おかみさんがこわくて手が出せない。ある日おかみさんが隣にまねかれて出むいたあと旦那はコッソリ部屋によび入れ、とうとう手をつけました」

言いよる旦那を手きびしく退け、奥さんに申上げる水滸の場合は、気の強い金蓮の性格をよく示している。また、旦那のなすままになり、おかみさんに気づかれぬ隠し女になるのも明代の女中の当然のなりゆきらしく、この点はどちらが良いともいえない。

大体において「金瓶梅詞話」は、文人の改訂をへていないから、講釈師風の説明が多い。

「旦那は金蓮を手に入れてから五つばかり病状がふえました。第一に腰の痛み、第二に眼に涙、第三に耳が遠くなり、第四に鼻水をたらす、第五に尿がポタポタと力ない」

このような、くすぐりじみた附加物は水滸にはない。事件の凄みを消すからである。しかし万事を淫で解決する「金瓶梅」では案外これが大切なのかもしれない。水滸では楼上から投げ殺される西門慶を「金瓶梅」では淫慾度なく精根つきはてて死なしているくらいであるから。

「武大が金蓮を自分の家にひきとってからも、旦那はそのめんどうをみて餅屋の資本がなければひそかに金をあたえてもとでにさせ、武大がてんびんかついで出かけると、人なきをうかがい、旦那は家に忍びこんでは金蓮と密会する。武大は見つけても声には出しません。朝ばんこんな具合で往来し、しばらくたつと旦那は陰寒の病でとうとう死んでしまいました」(金瓶梅)

このいきさつは「水滸伝」にはない。武大のだらしなさを示す棄てがたいくだりである。また、金蓮が淫に入る過程がいかにも自然である。何が彼女をそうさせたかを好んで語る近代文学からすれば、ここまでの金蓮の運命はかなり重要な鍵である。彼女の身に関し同情的新解釈はいくらでも下される。現代中国はすでに、ノラ女性的に表現した「潘金蓮」を舞台にのせている。金蓮が武大に嫁入りさせられなかったら、一塊の羊肉がみすみす狗《いぬ》の口に落ちさえしなかった等々。いろいろと理くつはつけられる。

しかし両書にとって淫女登場の原因探求は目的でない。何がどうあろうと、「原来この女の目から見れば武大はちび男、人物は猥雑《わいざつ》、風流はわからず、それにひきかえ自分は何事も達者、ことに得意は男をこしらえること」（水滸伝）という金蓮である。この金蓮が淫を行うそのままが「金瓶梅」の全現実である。そのほかはただ話のみちすじにすぎない。この淫女を殺人者武松に殺させる殺気殺勢がまた「水滸伝」の眼目であった。殺人の気勢は水滸では、宇宙にひろがる一種の哲理にさえなっていたのであるから。

武松はひどい男、金蓮はひどい女であった。これが鉄則である。ひどい男がひどい女を殺す凄烈《せいれつ》さ。これで「人頭を供えて武松が祭を設けること」の一段がことに人眼をそばだたしめるのである。

この殺しの場が、両書でかなりちがっている。水滸の方は簡潔にして明確な名文である。「土兵に酒を一椀霊壇の前に供養させ、女を霊前までひきずり来りましてひざまずかせ、おいぼれもそこにひきすえ、涙を流して『兄上、たましいはまだ遠くへは行かれますまい。今日わたくしがあなたの怨《うら》みをむくいましてござります』と申し、土兵に紙銭を焼かせる。形勢非なりと見た女は大声あげんとするのを武松に押し倒されました。両脚で両腕をふみつけ、胸の衣裳をひきあけるが早いか尖刀で胸をひとえぐり、刀を口にくわえ、もろ手で胸肉を押しあけ、心肝五臓をひき出して霊前に供養し、バサリと一刀女の首を斬り落しました。あたり一面血の海。近所の者ども眼をすえ顔を掩《おお》っております。ものすごい勢に口をきこうともせずなすにまかせている」

「金瓶梅」の方は講釈師の雄弁にまかせ、よほど調子が浮き浮きと流れている。

「武松は片手で霊前に女をねじたおし、片手で酒をそなえ、紙銭に火をつけてから『兄上、たましいはまだ遠くへは行かれますまい。今日わたくしがあなたの怨みをむくいてござります』と申す。女は形勢非なりと見て大声をあげんとするのを武松は香炉から灰をひとにぎり握《つか》み出し、女の口に押しこんだので叫べません。それから女の頭を地面にねじふせる。女はもがいて髪はさんばら、簪《かんざし》はバラバラ落ちる。武松はあばれてはめんどう也とまず油靴で、わき腹、腕、臀《しり》など蹴りつけ、両足で両手をふまえ『こりゃ淫婦、利口々々と自慢したその心がどんなものか試してみてくれよう』と女の胸をグイとひろげるが早いか、馥郁《ふくいく》たる白き胸にグサリ刀でひとえぐり血の穴をあけました。鮮血がほとばしる。女はひとみをなかば閉じ両脚をバタバタさせるばかり。武松は刀を口にくわえ、もろ手で胸肉を押しひろげ、サッと一声、心肝五臓をズルズルひきずり出し、血のしたたるまま霊前に供養し、かえす刀で首を斬り落す。あたり一面血の海。迎児や娘どもはかたわらにあって、ただただ顔を掩っております。武松という奴、まことに物凄い男で。あわれこの女、亡年三十二歳。手のふれるところあたら青春の命を失い、刀落ちるとき紅粉の身をほろぼし、七魄悠々としてはや森羅殿上におもむき、三魂渺々《びょうびょう》として無間城中へ帰り去ったでありましょう。星のひとみは堅く閉じ、むくろは棒の如く横ざまに倒れ、銀の歯をくいしばり、血痕淋漓《りんり》、首はかたえにころがり、あたかも初春の大雪が金線の柳を押し折り、十二月の狂風が玉梅花を吹き折ったさま。この女のあでやかさ今はいずれに、芳魂はこよいどなた様の家へ落ちるでありましょうか」

八十七回にわたり淫女の精髄を発揮した金蓮の最期を飾るため、咏嘆《えいたん》は大げさとなっている。水滸の冷厳な筆つかいが、のばされ、丸味をつけられた。殺人描写のすさまじさが鳴物入りのにぎやかさと化したうらみがある。

そもそも淫女豪傑からすれば丸味のある咏嘆ですませるゆとりは存在しない。もっとピンと緊迫した空気の中で荒い息を吐いていた。「あたら青春」や、「あでやかさ今はいずれに」は問題にならない。反省もない、ためらいもない、ただ生きて行くことの強さ。生きること、淫すること、殺すことの絶対性の前に、理くつや咏嘆が無意義となる。その無意義化の完璧が天下の奇ではなかろうか。

武松のあによめ殺しは、大義名分は立っている。しかし豪傑の殺人はあまり神経質に相手を選ばない。殺気叢中に血雨噴くとき、犠牲者は善悪にかかわりない。ひどい男はひどくない女をも殺すのである。

武松の殺人は「血は濺《そそ》ぐ鴛鴦《えんおう》楼」で最高潮に達する。この一段も理くつや咏嘆をハッキリ無意義ならしめている。武松はここで一夜にして十九名を殺す。原因は自己をおとし入れた悪親分への復讐である。大義名分はやはり立っている。完全無欠な張都監一家みなごろし事件。この事件の犠牲者中には、しかし彼に害をあたえたとはおもわれぬ可憐の召使たちもいたのである。

その夜、女中二人は厨房の灯火の下で無邪気に会話していた。「一日中つききりでまだ睡《ね》ようともしないでさ。お茶ばかりほしがってさ。二人のお客はお客で遠慮も何も知らないで、あれだけくらい酔っても、まだ睡ろうともしないで話してるしさ」そんな瑣細《ささい》な不平をもらしている。そこへ血刀さげた武松は門の扉をバタリと開いておどりこむ。一人一刀。二人の女を殺しおわると、その屍は竈《かまど》の前にかたづけ、そのままノシノシと窓外の月光を踏んで、堂の奥へと足を運ぶ。

洪水が家屋を流し、旱天《かんてん》が地を裂くような武松の絶対行為のまえにもろくも散ってしまう女中たちの命。あわれといえばあわれ、無ざんといえば無ざん。近代小説ならこのままではすまされぬ倫理判断や感情起伏がありそうである。しかし武松も、百八人の豪傑も、水滸の作者も、それにはふれない。ふれていられないのだ。これは金蓮も淫女たちも、「金瓶梅」の作者も武大の苦悩を取上げない、取上げていられなかったのと好一対である。そこには共に、自然の相貌によく似た一種の冷酷がある。女中や武大にとって、とてもたまらぬもの。それがこの両書を包んでいる。弱者にはとてもたまらぬもの。非情な強力の支配が隅々まで満ちわたっている。その輝くばかりの闇黒！　そしてその闇黒には、谷崎の「恐怖時代」の武士や腰元が醸し出す恐怖よりもっと造り物でない、もっとしっかりした社会性がある。もっと全体包括的なのだ。

淫女の淫、豪傑の殺が横行し伏在する社会はたしかによろしくない。それは中世であり封建である。近代は淫女や豪傑を抹殺し、もっと平和な安静な、理智でなめされ、野性の角のとれた人間を生みつつある。淫女の谷、豪傑の峰のない幸福な平地に人民は共和国を創る。野ばなしの火焔や底なしの闇黒のない水晶宮は、いつか出来あがりそうな気配だ。少なくともそんな理想がある。しかしそれまでには、ずいぶんな時間、気が遠くなりそうな遥かな旅をつづけねばならない。そしてそれまでの期間、どうしても金蓮武松の赤黒だんだら模様がすたりそうにない。

現代はもう原始野蕃《やばん》の時代ではない。サラリーマンもいる、教授もいる、女の代議士もいる。第一機械がある。大体において文明である。今さら旧小説の怪物を持ち出すのは不心得である。悪趣味である。しかし私は抗戦中の中国で身の毛もよだった女皇帝の芝居「武則天」が上演され、人気を博するのをこの眼で眺めている。

優秀な劇作家宋之的が唐代女帝武則天をヒロインにしたのは、虚偽の道徳観念を打破するため、女性虐待に反抗するため、徹底した政治革命の謳歌《おうか》のためなど、動機は数多いであろう。しかしひっきょう武則天個人のもつ奇怪な強烈体臭、圧しつけるような恐怖、いわばごく単純なものが宋氏の心を惹いていると見てよい。観客はむろん、自分の生んだ嬰《えい》児《じ》を絞殺し、男のだらしなさを嘲笑しつづける彼女の残忍行為が面白いのである。

「朕《ちん》は女の中の豪傑、巾幗《きんかく》英雄をあげつらねて、これらの女性の模範とし、女どもをめざまし、反省させて、女どももみんなに人たるの権利を享有させてやるのじゃ」等のせりふは、淫豪兼備の武后らしくもない。肉体性のうすい形式理論、歴史をはなれ、民衆をはなれている。

「古来無道の君主はさまざまあれど唐の武后の残忍に如《し》くものはない」という「二十二史劄記《さっき》」の説は定説である。「姉を殺し、兄を屠《ほふ》り、君を殺し、母を鴆《ちん》す」「虺蜴《きえき》の心、豺狼《さいろう》の性」彼女を討伐するための檄文《げきぶん》に今なお残る形容文句の方が近代式せりふより、はるかに燦爛《さんらん》かつ厳粛である。武后の周囲には武松金蓮に劣らぬ人物が埋没し露出して足のふみ場もなかったにちがいない。高宗や太子哲のような犠牲者ばかりではない。血で血を洗う模範試合に唐宮廷を絢爛《けんらん》ならしめた対立物が包囲していた。淫的豪傑と豪的淫女の邂逅はたえず発生し、超水滸伝、水滸スタウトの「設祭」はきわめて自然な瑣事《さじ》であった。それ故「虺蜴の心、豺狼の性」という朱塗の大文字がピタリと身に着くのである。

「人を殺す者は虎を殺す武松也」この八字は十九人殺害の夜、武松が壁に血大書した文句である。

「虎を殺して有名になった男が人を殺したのであります」あけっぴろげな何でもなさの極点である。屍の襟をひきさいて筆とし、墨のかわりに血をタップリとつけ、白壁を紙としてしたためた。この奇文は、武松の宣言であり自己告白であり、私小説であった。フーッと長大息した咏嘆かもしれない。私は私以外の何物でもないという自己懺悔《ざんげ》より、むしろこの八字の何とピタリと身に着いていることよ。

この八字奇文の筆者が金蓮を殺す。そこにはもはや理くつその他の介在は許されない。尖刀は自ら動き、法律以外の場所で不可思議な裁きを行う。「金瓶梅」一百回の総現実をうしろだてとした濃艶《のうえん》華麗な代表者金蓮を、この霊刀以外、何物が裁き得たであろうか。

武則天を女代議士にしたてるはむずかしい。金蓮武松は中世的衣裳のまま、放っておくより仕方ない。彼らを現代風に再生復活せしめるのは、あたかも深海の魚を水槽にかこい、密林の野獣を鮮肉なき動物園に迎えるが如くである。いじけた形骸をさらすばかり。だがしかしそんな形骸でも、鱗《うろこ》がピカリと光り、咆哮《ほうこう》が穴からもれる一瞬、観客に密林深海の精気を感触させるとすれば、あながち徒爾《とじ》ではなかろうけれど。

編者あとがき

高崎俊夫
（映画評論家）

武田泰淳の没後に上梓された『上海の螢』（中央公論社）は、武田泰淳が長年、中国に抱いていた深い愛情と止みがたいノスタルジアが全篇に滲んでいる素晴らしい遺稿集だが、今回、中国をモチーフにした短篇集を纏めるに当たって、息女である写真家の武田花さんから、武田泰淳が晩年、「花が写真をやっているから、一緒に中国を再訪してみたいな」としきりに呟いていたという話を伺った。

武田花さんによれば、武田泰淳は、やはり、その晩年に封切られて、一大ブームを巻き起こしたブルース・リーのカンフー映画が大好きで、家族でよく見に行ったという。

私自身、かつて『タデ喰う虫と作家の眼――武田泰淳の映画バラエティブック』（清流出版）という映画エッセイ集を編集したせいでもあるが、近年、陸続と公開されているチエン・カイコーの『運命の子』やジョン・ウーの『レッドクリフ』、あるいはアン・リーの『グリーン・デスティニー』といった大作に接するたびに、もしも武田泰淳がこれらの武侠映画を見たならば、どんな感想を持つだろうかと夢想することがある。

というのも、文化大革命のさなか、一九六五年に朝日新聞に連載された長篇小説『十三《シイサン》妹《メイ》』は、日本人によって書かれた中国武侠小説の先駆と呼ばれているからである。さらにその二年後、武田泰淳は、激情の女侠十三妹と瓜二つといってよいような、辛亥革命に殉じた女性テロリスト秋瑾《しゅうきん》の苛烈な生涯を描く『秋風秋雨人を愁殺す——秋瑾女士伝——』を発表しているのだ。

幼少時から中国の古典や伝奇小説に深く耽溺していた武田泰淳にとっては、「中国を書くとは時代の新旧、事件の大小を問わず、つねに自分を書くこと」（作品集『才子佳人』後記）にほかならなかった。さらに、〈中国もの〉では、日本を舞台にした小説以上に、女性たちが強烈な魅力を放っていることも見逃せない。

武田泰淳は「滅亡について」というエッセイで次のように書いている。

「彼ら（日本人）は滅亡に対してはいまだ処女であった。処女でないにしても、家庭内に於ての性交だけの経験に守られていたのである。これにひきくらべ中国は、滅亡に対して、はるかに全的経験が深かったようである。中国は数回の離縁、数回の奸淫によって、複雑な成熟した情慾を育まれた女体のように見える。」

このような生なましい性的な比喩は、上海で敗戦を迎え異民族の支配下にあった武田泰淳自身の体験に深く根差すと同時に、彼独特の〈女性〉という〈他者〉に対して抱く根源的な感覚から生まれたものといえよう。

たとえば、本書の劈頭を飾る『女賊の哲学』は、『十三妹《シイサンメイ》』のはるかなる原型で、恐るべき密度をもった作品である。安家に嫁いだ美しい第二夫人は子供も授かり、平穏な日々を送っているが、ある日、城に白蓮教の集団が迫る。無能な夫では城を守れないと察した第二夫人はある決断を下す。以後、かつて女賊・十三妹であった彼女の血塗られた過去が明かされ、冷酷極まりない行為が乾いたハードボイルドなタッチで淡々と綴られるのだが、その徹底したモラルのなさ、突き放すような、救いのなさは、まさに坂口安吾のいわゆる〈文学のふるさと〉の境地を思わせる。

『人間以外の女』は、木下順二の『夕鶴』の蛇バージョンともいうべき説話である。許仙という薬屋に絶世の美女の女房がいて、あまりの美しさに一見、蛇の化身と疑った義兄が人間と判別するためと称し、ある夜、弟を口説いて酒にまぜた麻薬を妻に飲ませる。すると女房は苦痛とも快楽ともつかぬ身悶えの果てに、一声かなしく夫の名を呼ぶと、窓を超え、戸外にすべり出て姿を消す。残された許仙は最愛の伴侶を失った悲しみに呆然として涙にくれる――。

この掌編には、木下順二のような社会批判的なメッセージやあからさまに教訓的な寓意が込められているわけではない。武田泰淳は、許仙が、女房が蛇ではないかという疑念を募らせ、肥大化する妄想の中で千変万化する妻のエロティックな姿態を幻視するさまを執拗に描き出す。かつて武田泰淳は、自嘲気味に、自己の文体を「ねばっこい」「爬虫類的な冷たさ」「なめくじの這ったようなあとを見るような」などと批判されたと述懐したことがあるが（作品集『女の部屋』後記）、この作品では蛇と女性のイメージがぴたりと重ねあわされ、妻の裸身の肌触りやむせかえるような匂いまでを細大漏らさずとらえた艶めくような筆致には、極上の官能小説を読むような味わいがある。

実際には、武田自身は蛇をまさに蛇蝎《だかつ》のごとく嫌っていたというが、前述の『上海の螢』に収められた絶筆『少女と蛇娘』では浅草の見世物小屋での少女と蛇娘の奇妙な交渉が描かれている。そして、さらに永井荷風の『ふらんす物語』の妖しいグロテスクな蛇つかいの記述へと自在に連想が走り、最後は、「嗚呼！　蛇つかいの女たちよ、蛇娘たちよ、その一族、親類縁者たちよ。神の祝福の、おん身らの上にとこしなえにあらんことを、私は祈る。」と結ばれている。武田泰淳にとって蛇とは女性そのもののメタフォアであり、生涯つきまとったオブセッションであったのだ。

『白昼の通り魔』に代表されるように武田泰淳には女性の一人称の手記という体裁をとった作品に傑作が多い。『廬州風景』もそのひとつである。戦争末期、看護婦として大陸に渡った水野雪江という女性がコレラの蔓延する廬州の街で外科の森医官、日本語がわからない地元の娘楊《ヤン》さんと次々に担ぎ込まれる患者の対応に追われる日々が描かれる。

『廬州風景』で、まず心奪われるのは、季節の移り変わりの中で表情を変える廬州という街を繊細にとらえた風景描写である。街のそこかしこが白い夏の埃を浴び、埃は石畳や壁の上にも溜り、屋根からも舞い上がると、風にのって街の上に降りかかる。

ある時、森医官と街を歩きながら、旅館に入り、恋人同士のような親密な気分になった彼女は、屋上に出ると、若い青年と逢引きする楊さんを目撃する。

やがて、楊さんが密偵ではないかと噂が立つ。異国での淡い男女の恋情が、微妙なサスペンスを孕みながら刻々と進展をみせていく。森医官は本人に問いただすことを決心する。そして、それは楊さんとの未来永劫の別れとなるのだ。

武田泰淳はこの短篇を昭和十四年、十七年、二十一年と三度も書き改めている。戦時下に垣間見た大陸をめぐる彼自身の心象風景として深い愛着があったのだろう。

全篇に靄がかかったようなこの美しい幻想的な短篇を読むたびに、私は一九四八年につくられた『田舎町の春』という中国映画を思い起こす。監督はフェイ・ムー。やはりヒロインのナレーションで始まるが、戦争が終わり、青年医師が蘇州郊外の故郷の街に帰ってくる。かつての恋人は友人の妻となり、友人は精神を病んでいる。友人の家に滞在する中で三角関係が形づくられ、やがてヒロインの激しい情念が一挙に噴出する。この映画における、登場人物の微妙な心理が詩情溢れる風景に仮託されているような〈語り口〉が『廬州風景』にとても似ているのだ。長い間、上映禁止の憂き目に遭っていたものの、今や、中国映画のオールタイム・ベストワンに選ばれるほどの深い官能性を秘めた伝説的な名作で、武田泰淳にはぜひ観てほしかったと思う一本である。

『女帝遺書』も、唐代の則天武后、清代の西大后と並んで中国三大悪女と称される漢の呂《りょ》后《こう》の一人語りの回想である。武田泰淳は、この女帝についてはかつて『司馬遷——史記の世界』でも取り上げたことがある。呂后の最も知られた残忍ぶりは、夫であった劉邦に寵愛された戚《せき》夫人への容赦ない仕打ちであろう。両手足を切断し、眼窩をくり抜き、自殺しないように舌を切り、厠に投げ込んで人糞を喰わせ、「人間豚」と称して見世物にするという想像を絶するおぞましさは比肩するものがない。だが、武田泰淳はこの権力亡者をモラリスティックに断罪などはしない。「慾望が大きいほど智慧も大きい」「殺すべきものを殺しつくさねば、戦国の王にはなれぬ。天下の王者にはなれぬ」「世の中のことはみな恐怖によって動いている」等々、マキャヴェリばりの寸鉄人を刺す警句がそのモノローグには鏤《ちりば》められ、最後には「お前達はたかが豪傑じゃ」「(わたしは)天なのじゃ」という極め付けの言葉を吐くのである。

巻末に置いた卓抜な論考「淫女と豪傑」は、武田泰淳の愛してやまない淫女や豪傑が闊歩する『水滸伝』と『金瓶梅』の世界を縦横に論じ切っており、出色の面白さである。たとえば、「反省もない、ためらいもない、ただ生きて行くことの強さ。生きること、淫すること、殺すことの絶対性の前に、理くつや咏嘆が無意義となる。その無意義化の完壁が天下の奇ではなかろうか」という一節などは、本書に収められている短篇の魅力的な女帝や淫女たちに対する見事な註釈となっているといえるのだ。

それは、『興安嶺の支配者』の日本人、畠と結婚した先住民ヤクート人でシャーマンの威厳がそなわっているヌサにも、『烈女』の奇怪な論理を駆使しながら、「いくじなしの男たちを驚嘆させるような、元気のよい生き方をいろいろのやり方で示す」烈女の典型であり、あたかもドタバタ喜劇のヒロインのように潑溂とした月児《げつじ》にも、等しく感じられるものである。

武田泰淳は、「女について」というエッセイにおいて次のように書いたことがある。

「作家は一人のこらず『女、女、女』と想いつめて暮している。女が書きたい、書かねばならぬ、完全に女を書きあげなければ、死んでも死にきれない、と考えているものである。（中略）作家は、まず自分を書き、自分以外の人間を書かねばならないが、この二つの事業は、女を書くことによってはたされる。何故ならば、女は女自身、すべての悪なるもの、善なるもの、人間的なるものであり、また、それを呼びさますものだからである」

この武田泰淳の信仰告白にも似た、切実な思いは、この中国小説集において理想的な形で実現されていると思うのである。

〈作品初出一覧〉

女賊の哲学　『八雲』昭和二十三年十月号
人間以外の女　『婦人画報』昭和二十二年十月号
廬州風景　雑誌発表なし　『才子佳人』所収　昭和二十二年十一月　東方書局
うつし絵　『改造』昭和三十年一月号
獣の徽章　『新潮』昭和二十五年十月号
女帝遺書　『新小説』昭和二十四年五月号
興安嶺の支配者　『別冊文藝春秋』五十一号　昭和三十一年四月
烈　女　『小説公園』昭和二十六年一月号
評論　淫女と豪傑　『季刊　象徴』昭和二十二年一月号

本書は『武田泰淳中国小説集』全五巻（昭和四十九年三月〜七月、新潮社）を底本にいたしました今日の人権意識に照らして、本文中に不適切と思われる表現やことばなどが見られますが、著者が他界していることと、作品が書かれた当時の時代背景、作品の文化的価値を鑑みて、原文のまま掲載いたしました。

（編集部）

編集協力　高崎俊夫
扉絵　武田泰淳の中国切り絵コレクションより
扉デザイン　西山孝司（フラグメント）

中公文庫

淫女《いんじょ》と豪傑《ごうけつ》
——武田《たけだ》泰淳《たいじゅん》中国《ちゅうごく》小説集《しょうせつしゅう》

2013年1月25日　初版発行

著　者　武《たけ》田《だ》泰《たい》淳《じゅん》

発行者　小林敬和

発行所　中央公論新社
〒104-8320　東京都中央区京橋2-8-7
電話　販売 03-3563-1431　編集 03-3563-3692
URL http://www.chuko.co.jp/

ＤＴＰ　嵐下英治
印　刷　三晃印刷
製　本　小泉製本

Published by CHUOKORON-SHINSHA, INC.
Printed in Japan　ISBN978-4-12-205744-9 C1193

中公文庫既刊より

各書目の下段の数字はISBNコードです。978－4－12が省略してあります。

た-13-1
富士　武田泰淳
悠揚たる富士に見おろされた精神病院を題材に、人間の狂気と正常の謎にいどみ、深い人間哲学をくりひろげる武田文学の最高傑作。〈解説〉斎藤茂太
200021-6

た-13-3
目まいのする散歩　武田泰淳
近隣への散歩、ソビエトへの散歩が、いつしか時空を超えて読む者の胸中深く入りこみ、生の本質と意味を明かす野間文芸賞受賞作。〈解説〉後藤明生
200534-1

た-13-5
十三妹《シイサンメイ》　武田泰淳
強くて美貌でしっかり者。女賊として名を轟かせた十三妹は、良家の奥方に落ち着いたはずだったが……中国古典に取材した痛快新聞小説。〈解説〉田中芳樹
204020-5

た-13-6
ニセ札つかいの手記　武田泰淳異色短篇集　武田泰淳
表題作のほか「白昼の通り魔」「空間の犯罪」など、独特のユーモアと視覚に支えられた七作を収録。戦後文学の旗手、再発見につながる短篇集。
205683-1

お-2-2
レイテ戦記（上）　大岡昇平
太平洋戦争の天王山・レイテ島での死闘を再現し戦争と人間を鋭く追求した戦記文学の金字塔。本巻では「一第十六師団」から「十三　リモン峠」までを収録。
200132-9

お-2-3
レイテ戦記（中）　大岡昇平
レイテ島での日米両軍の死闘を、厖大な資料を駆使し精細に活写した戦記文学の金字塔。本巻では「十四軍旗」より「二十五　第六十八旅団」までを収録。
200141-1

お-2-4
レイテ戦記（下）　大岡昇平
レイテ島での死闘を巨視的に活写し、戦争と人間の問題を鎮魂の祈りをこめて描いた戦記文学の金字塔。地名・人名・部隊名索引付。〈解説〉菅野昭正
200152-7

お-2-6
ミンドロ島ふたたび
大岡昇平
戦後二十数年、再び現地を訪れて、自らの生と死の間の彷徨の跡を尋ね、亡き戦友への追慕と鎮魂の情をこめて戦場の島を描く五篇。〈解説〉中野孝次
200337-8

く-20-1
猫
クラフト・エヴィング商會
井伏鱒二／谷崎潤一郎 他
猫と暮らし、猫を愛した作家たちが思い思いに綴った珠玉の短篇集が、半世紀ぶりに生まれかわる。ゆったり流れる時間のなかで、人と動物のふれあいが浮かび上がる、贅沢な一冊。
205228-4

た-15-4
犬が星見た ロシア旅行
武田百合子
生涯最後の旅を予感した夫武田泰淳とその友竹内好に同行し、旅中の出来事や風物を生き生きと捉え克明に描く。読売文学賞受賞作。〈解説〉色川武大
200894-6

た-15-5
日日雑記
武田百合子
天性の無垢な芸術者が、身辺の出来事や日日の想いを、時には繊細な感性で、時には大胆な発想で、心の赴くままに綴ったエッセイ集。〈解説〉巖谷國士
202796-1

た-15-6
富士日記（上）
武田百合子
夫泰淳と過ごした富士山麓での十三年間の日々を、澄明な目と天性の無垢な心で克明にとらえ天衣無縫な文体でうつし出した日記文学の傑作。田村俊子賞受賞作。
202841-8

た-15-7
富士日記（中）
武田百合子
天性の芸術者である著者が、一瞬一瞬の生を特異な感性でとらえ、また昭和期を代表する質実な生活をあますところなく克明に記録した日記文学の傑作。
202854-8

た-15-8
富士日記（下）
武田百合子
夫武田泰淳の取材旅行に同行したり口述筆記をする傍ら、特異の発想と表現の絶妙なハーモニーで暮らしの中の生を鮮明に浮き彫りにする。〈解説〉水上 勉
202873-9

た-30-6
鍵 棟方志功全板画収載
谷崎潤一郎
妻の肉体に死をすら打ち込む男と、死に至るまで誘惑することを貞節と考える妻。性の悦楽と恐怖を限界点まで追求した問題の長篇。〈解説〉綱淵謙錠
200053-7

各書目の下段の数字はISBNコードです。978－4－12が省略してあります。

た-30-7
台所太平記
谷崎潤一郎
若さ溢れる女性たちが惹き起す騒動で、千倉家のお台所はてんやわんや。愛情とユーモアに満ちた筆で描く抱腹絶倒の女中さん列伝。〈解説〉阿部　昭
200088-9

た-30-10
瘋癲《ふうてん》老人日記
谷崎潤一郎
七十七歳の卯木は美しく驕慢な嫁颯子に魅かれ、変形的間接的な方法で性的快楽を得ようとする。老いの身の性と死の対決を芸術の世界に昇華させた名作。
203818-9

た-30-11
人魚の嘆き・魔術師
谷崎潤一郎
愛親覚羅氏の王朝が六月の牡丹のように栄え耀いていた時分――南京の貴公子の人魚への讃嘆、また魔術師と半羊神の妖しい世界に遊ぶ。〈解説〉中井英夫
200519-8

た-30-13
細　雪（全）
谷崎潤一郎
大阪船場の旧家蒔岡家の美しい四姉妹を優雅な風俗・行事とともに描く。女性への永遠の願いを〝雪子〟に託す谷崎文学の代表作。〈解説〉田辺聖子
200991-2

た-30-19
潤一郎訳　源氏物語　巻一
谷崎潤一郎
文豪谷崎の流麗完璧な現代語訳による日本の誇る古典。日本画壇の巨匠14人による挿画入り絵巻。本巻は「桐壺」より「花散里」までを収録。〈解説〉池田彌三郎
201825-9

た-30-20
潤一郎訳　源氏物語　巻二
谷崎潤一郎
文豪谷崎の流麗完璧な現代語訳による日本の誇る古典。日本画壇の巨匠14人による挿画入り。本巻は「須磨」より「胡蝶」までを収録。〈解説〉池田彌三郎
201826-6

た-30-21
潤一郎訳　源氏物語　巻三
谷崎潤一郎
文豪谷崎の流麗完璧な現代語訳による日本の誇る古典。日本画壇の巨匠14人による挿画入り絵巻。本巻は「螢」より「若菜」までを収録。〈解説〉池田彌三郎
201834-1

た-30-22
潤一郎訳　源氏物語　巻四
谷崎潤一郎
文豪谷崎の流麗完璧な現代語訳による日本の誇る古典。日本画壇の巨匠14人による挿画入り絵巻。本巻は「柏木」より「総角」までを収録。〈解説〉池田彌三郎
201841-9

た-30-23
潤一郎訳 源氏物語 巻五
谷崎潤一郎
文豪谷崎の流麗完璧な現代語訳による日本の誇る古典。日本画壇の巨匠14人による挿画入り絵巻。本巻は「早蕨」から「夢浮橋」までを収録。〈解説〉池田彌三郎
201848-8

た-30-24
盲目物語
谷崎潤一郎
長政・勝家二人の武将に嫁し、戦国の残酷な世を生きた小谷方と淀君ら三人の姫君の境涯を、盲いの法師が絶妙な語り口で物語る名作。〈解説〉佐伯彰一
202003-0

た-30-25
お艶殺し
谷崎潤一郎
駿河屋の一人娘お艶と奉公人新助は雪の夜駈落ちした。幸せを求めた道行きだった筈が……。芸術とは何かを探求した「金色の死」併載。〈解説〉佐伯彰一
202006-1

た-30-26
乱菊物語
谷崎潤一郎
戦乱の室町、播州の太守赤松家と執権浦上家の確執を史的背景に、谷崎が〝自由なる空想〟を繰り広げた伝奇ロマン（前篇のみで中断）。〈解説〉佐伯彰一
202335-2

た-30-27
陰翳礼讃
谷崎潤一郎
日本の伝統美の本質を、かげや隈の内に見出す「陰翳礼讃」「厠のいろいろ」を始め、「恋愛及び色情」「客ぎらい」など随想六篇を収む。〈解説〉吉行淳之介
202413-7

た-30-28
文章読本
谷崎潤一郎
正しく文学作品を鑑賞し、美しい文章を書こうと願うすべての人の必読書。文章入門としてだけでなく文豪の豊かな経験談でもある。〈解説〉吉行淳之介
202535-6

た-30-45
歌々板画巻
谷崎潤一郎 歌
棟方志功 板
文豪谷崎の和歌に棟方志功が「板画」を彫った二十四点に、挿画をめぐる二人の愉快な対談をそえておくる。芸術家ふたりが互角にとりくんだ愉しい一冊である。
204383-1

た-30-46
武州公秘話
谷崎潤一郎
敵の首級を洗い清める美女の様子にみせられた少年——戦国時代に題材をとり、奔放な着想をもりこんで描かれた伝奇ロマン。木村荘八挿画収載。〈解説〉佐伯彰一
204518-7

各書目の下段の数字はISBNコードです。978－4－12が省略してあります。

た-30-47　聞書抄　谷崎潤一郎
落魄した石田三成の娘の前にあらわれた盲目の法師。彼が語りはじめたこの世の地獄絵巻とは。菅楯彦による連載時の挿画七十三葉を完全収載。〈解説〉千葉俊二
204577-4

た-30-48　月と狂言師　谷崎潤一郎
昭和二十年代に発表された随筆に、「疎開日記」を加えた全七篇。空爆をさけ疎開していた日々のなかできれぎれに思いかえされる風雅なよろこび。〈解説〉千葉俊二
204615-3

た-30-50　少将滋幹《しげもと》の母　谷崎潤一郎
母を恋い慕う幼い滋幹は、宮中奥深く権力者に囲われた母の元に通う。平安文学に材をとった谷崎文学の傑作。小倉遊亀による挿画完全収載。〈解説〉千葉俊二
204664-1

た-30-52　痴人の愛　谷崎潤一郎
美少女ナオミの若々しい肢体にひかれ、やがて成熟したその奔放な魅力のとりことなった譲治。女の魔性に跪く男の惑乱と陶酔を描く。〈解説〉河野多恵子
204767-9

た-30-53　卍（まんじ）　谷崎潤一郎
光子という美の奴隷となった柿内夫妻は、卍のように絡みあいながら破滅に向かう。官能的な愛のなかに心理的マゾヒズムを描いた傑作。〈解説〉千葉俊二
204766-2

た-30-54　夢の浮橋　谷崎潤一郎
夭折した母によく似た継母。主人公は継母への憧れと生母への思慕から二人を意識の中で混同させてゆく。谷崎文学における母恋物語の白眉。〈解説〉千葉俊二
204913-0

た-80-1　犬の足あと　猫のひげ　武田花
天気のいい日は撮影旅行に。出かけた先ででくわした奇妙な出来事、好きな風景、そして思い出すことどもを自在に綴る撮影日記。写真二十余点も収録。
205285-7

わ-17-2　祖父 谷崎潤一郎　渡辺たをり
作家谷崎の晩年を「孫・たをり」の視点からあますことなく捉えた貴重な証言。その複雑な私生活を内側から描き、旺盛な創作熱、想像力の原点に迫る。
204181-3